MW00965401

Les éditions la courte échelle inc.

Jean-Marie Poupart

Né en 1946, Jean-Marie Poupart a fait des études en littérature. Il enseigne le français dans un collège et au cours des dix dernières années, il a été chroniqueur littéraire à Radio-Canada. En plus de sa passion pour l'écriture et pour la lecture, c'est un dévoreur de films. On a d'ailleurs pu lire ses critiques de cinéma dans *L'actualité*. Il a aussi écrit le scénario du téléfilm *Histoire de chasse*. Il est également amateur de jazz. Et il trouve une bonne partie de son inspiration en écoutant des cassettes sur son walkman.

Jean-Marie Poupart a publié une vingtaine d'ouvrages. Et le tiers de ces livres sont destinés aux enfants. *Le nombril du monde* est son deuxième roman à la courte échelle.

Du même auteur, à la courte échelle

Collection albums
Nuits magiques

Collection Roman+
Libre comme l'air

Les éditions la courte échelle inc.
5243, boul. Saint-Laurent
Montréal (Québec) H2T 1S4

Illustration de la couverture:
Suzanne Duranceau

Conception graphique:
Derome design inc.

Révision des textes:
Odette Lord

Dépôt légal, 3e trimestre 1990
Bibliothèque nationale du Québec

Données de catalogage avant publication (Canada)

Poupart, Jean-Marie, 1946-

    Le nombril du monde
    Nouv. éd.

    (Roman+; R+6)
    Pour les jeunes.

    ISBN 2-89021-143-6

    I. Titre.   II. Collection.

PS8581.O85N65 1990a   jC843'.54   C90-096450-2
PS9581.O85N65 1990a
PZ23.P69No 1990a

Jean-Marie Poupart

Le nombril du monde

14 décembre

Chère Irène,

Je suis pas mal de bonne humeur. Première chose, les vacances des fêtes approchent. Deuxième chose (et c'est la principale), j'ai pété un score au contrôle de maths. Ç'a eu comme résultat que les deux plus belles filles de la classe m'ont demandé de les aider à préparer l'examen final.

Excellente journée, donc.

«Si j'étais une cloche, je me mettrais à sonner.» Il y a une grosse chanteuse noire qui crie ça à tue-tête sur un des disques de la collection de jazz de papa. Je te traduis les paroles à peu près. En ce moment, je me sens comme elle, comme la grosse chanteuse.

Elle s'appelle Ella.

Ella Fitzgerald.

Tu la connais sans doute, c'est de ton siècle, ça...

Je dis ça pour t'agacer. Ce serait plus brillant de ma part d'essayer de te remonter le moral. Je viens d'écouter la météo. D'après ce qu'ils racontent, ça fait depuis le début du mois que le ciel de Paris a l'allure d'un ciel de déluge. Pauvre vieille! J'espère que tu t'accroches à ton parapluie...

Ici, à Montréal, il neigeote. Ce n'est pas encore assez froid à mon goût.

Tout à l'heure, je marchais dans la rue, la bouche ouverte, respirant à plein volume. Je me répétais qu'étant donné que les ondes sonores voyagent dans l'air, je devais avoir les poumons remplis de mélodies de Noël — avec les tintements de grelots et tout le reste.

(Demain, je vais consulter mon livre de bio pour voir si c'est possible que les sons entrent comme ça dans notre système respiratoire. Formulé ainsi, ça fait plutôt niaiseux, non?)

Je me sentais heureux.

Je suis généralement quelqu'un de prudent. Si un chauffeur klaxonne, c'est rarement pour moi. Là, chaque fois que j'entendais un put-put, je me retournais et je prenais ça personnel — pour employer une des expressions favorites d'Edward.

Anglicisme, je sais... Inutile que tu me le signales par le retour du courrier.

Put-put, put-put. Je m'imaginais qu'on voulait me saluer. Je faisais des gestes de chef d'orchestre. Je bombais le torse. Les gens devaient me prendre pour un vrai capoté.

De temps en temps, je m'écartais de ma route. Je sifflais. Il y a même une femme qui s'est retournée, flattée, en croyant que je la sifflais, elle.

Penses-tu?! Je suis trop bien élevé pour me permettre ce genre de choses.

J'ai fait un détour par le marché et j'ai rapporté de quoi manger.

Aussitôt qu'il entend le mot poisson, ton matou dresse l'oreille. Très intelligent, le gros Eusèbe. Je suis content que tu m'en aies confié la garde pendant ton séjour en Europe. (Et quand il entend le mot chat, à ton avis, comment réagit le poisson rouge?)

Papa n'est pas rentré. Il n'a laissé aucun message sur le répondeur. Il boude. On s'est encore engueulés hier soir.

Pour la centième fois, il m'a reproché mes tendances au nombrilisme. Pour la centième fois, je lui ai objecté que le mot n'existait pas.

Une fois de trop.

— J'ai vérifié, mon grand.

Évidemment, il attendait ma réplique. Il m'a braqué le dictionnaire sous le nez.

— Regarde. C'est écrit. Nombrilisme: attitude égocentrique. Tu te penses tellement fin... Ça t'apprendra à te prononcer sur tout. Pauvres professeurs! Je me demande comment ils peuvent arriver à te supporter. Pauvres élèves aussi! Dans ta classe, tu dois te faire des ennemis en quantité?!

(Une phrase comme ça te montre parfaitement que papa n'a pas la plus petite idée de la manière dont la vie s'organise à l'école.)

— Moi, des ennemis? Je m'entends bien avec tout le monde.

— Alors, il n'y a pas de quoi te vanter. À ton âge, il serait temps que tu t'en fasses, des ennemis! Choisis-en des fiables, sur lesquels tu pourras compter pour le reste de tes jours.

Il a balancé le dictionnaire sur le lit et il est sorti de ma chambre en claquant la porte.

Chez lui, la montée de la colère n'est jamais graduelle. Au contraire, c'est comme un parachute qui s'ouvre d'un coup sec, avec un million de gouttes d'eau qui rebondissent sur la toile.

Cette comparaison, c'est un documentaire de la télé qui me l'inspire. J'ai coupé le son. On voit des parachutistes qui, en sautant, s'amusent à crever des petits nuages.

Papa devrait commencer ça.

Lui si impulsif, ça le détendrait.

Imagine-le au-dessus de Paris en train de faire éclater les nuages de pluie... Tu saurais au moins qui blâmer pour ton temps de canard.

Alex

16 décembre

Le facteur vient de passer.

Devant moi, j'ai un mot de toi qui est daté du 4. Tu me soulignes que je commence toujours mes lettres de la même façon — ce qui n'est pas exact. Est-ce un reproche? J'en doute... J'ai eu l'occasion par le passé de constater que tu aimais bien, toi aussi, quand tout était fait dans les formes.

Ta deuxième remarque est plus sérieuse. Tu trouves vraiment que je vis entre parenthèses?

Selon toi, même mon style me trahirait...

Je suis tout de suite allé scruter mes brouillons. J'avoue que tu as en bonne partie raison. J'abuse des digressions. Et les phrases que j'écris ne vont pas nécessairement droit au but.

Chez toi, c'est le contraire. Je crois que ton travail en publicité a fini par te donner un pli, un petit pli sec. En tout cas, c'est mon opinion. Profites-en. Pour une fois que j'exprime quelque chose sans trop de détours...

Quand Mme Deslandes, la concierge, affiche ses avis, c'est moi qu'elle consulte pour corriger ses fautes.

Alex, l'expert. Elle m'appelle comme ça.

Moi, je fais celui que ça tanne de régler ses problèmes d'orthographe. Parfois même, j'ai l'air de vouloir l'envoyer promener. Mais, au fond, ça me flatte de voir le tableau d'affichage. Je me dis que, grâce à moi, les résidents de l'immeuble font un peu mieux la différence entre l'accent grave et l'accent circonflexe.

D'accord, pas besoin d'insister, c'est moi qui suis grave...

Donc, les lettres que je t'adresse ne témoignent pas assez des élans de ma vie affective? Je te cite, et presque mot pour mot. Moi qui pensais que tu savais lire entre les lignes... Là, tu me déçois, ma vieille.

Tu veux quoi, au juste? Du sexe?

En comparaison avec toi, comment t'imagines-tu que je...? En un an, tu as brisé le coeur de combien d'hommes de quarante ans qui sont restés pâmés à tes genoux? Sans compter les moins de quarante... Tu fais encore plus de ravages à Paris que tu n'en faisais à Montréal, ça, c'est certain!

Ah! j'oubliais Peter, ton Allemand... Tu l'as dragué où, celui-là? Aux portes du métro? Depuis que tu le connais, tu t'es assagie, je l'admets. Raison de plus pour me comprendre, non?

Stop, stop, stop! Euh!... Comment tu la trouves, ma tirade du gars chaste et pur?

Blague à part, j'ai peur de t'ennuyer avec mes histoires d'amour. Elles sont plutôt ordinaires.

Mes histoires d'amour? De ce côté, autant l'avouer tout net, le mois de novembre a été très tranquille. Pour ne pas dire mortel.

Malgré tout, j'ai rendez-vous dimanche avec Agnès, une des deux plus belles filles de la classe. Elle veut que je lui fasse réviser ses maths.

Agnès et Alex, ça sonne assez bien, merci...

En réalité, ça sonne A.A.

Je serais pourtant étonné qu'on se livre ensemble à une grosse orgie de bière... Ah! j'ai oublié de te mentionner qu'elle avait déjà quelqu'un dans sa vie. Un joueur de hockey.

N'empêche que j'ai le droit de tenter ma chance...

Agnès a vraiment une personnalité magnétique — magnétique à un point tel qu'à la cafétéria, quand elle passe entre les tables, les ustensiles sautent en l'air pour venir se coller à ses boucles d'oreilles.

Alex

P.-S. Tu me demandes si je continue à tenir un journal. J'ai arrêté. Depuis que je t'écris, je ne vois plus tellement l'intérêt de parler tout seul. Comme de raison, si toi, ça t'embête... Dans les deux derniers mois, j'ai dû te poster en moyenne trois lettres par semaine. Peut-être considères-tu que c'est beaucoup...

P.-P.-S. Par sa forme, la parenthèse ressemble à un nombril. Regarde: ( ). Pour ça, il faut cependant qu'elle soit courte.

17 décembre

Chère Irène,

Hier, j'ai abonné mon père à *La presse.*
La fille au téléphone avait une voix superbe. En fait, je me suis abonné moi-même, sauf que j'ai donné le nom de papa.

Furieux.

Il était furieux.

— *La presse,* je la lis déjà au bureau, figure-toi.

Eh bien! ça m'enrage, moi, qu'après sa journée il ne pense jamais à la rapporter à la maison. À ses yeux, je suis trop zozo pour m'intéresser à l'actualité.

Il peut bien parler, lui. Ces temps-ci, il se couche avant même le début des nouvelles.

Chaque fois qu'il est furieux, papa menace de me réexpédier en pension. Qu'il le fasse, tiens! J'étais heureux, moi, l'an dernier. Débarrassé de lui. Débarrassé de ses soeurs — qui, tu le sais, ne sont pas toujours une aubaine.

Quand il avait mon âge, il paraît que le collège a été pour lui pire qu'une prison. Et il croit que tout le monde est obligé de réagir comme lui.

Moi, certains professeurs du pensionnat m'ont conseillé des livres d'auteurs extra-ordinaires — que je n'aurais probablement jamais connus. Exemple, Giono. Et ils m'ont encouragé à écrire. Oh! pas tous, évidemment...

Mais, si je suis à présent moins tête en-flée qu'à dix ou douze ans, c'est beaucoup grâce à quelques-uns d'entre eux.

Douze ans. Justement, à cette époque-là, j'aurais aimé distribuer *La presse* pour me faire de l'argent de poche. Papa me l'a interdit.

— On vaut plus que ça!

Il sait de quoi il parle, il est comptable. J'aurais souhaité tirer ça au clair avec lui, mais il avait déjà trop de soucis pour pren-dre le temps de m'écouter cinq minutes.

Bref, *La presse* va m'être livrée à domi-cile à partir de la semaine prochaine. Tant pis pour ceux à qui ça déplaît!

Ce matin, la prof d'anglais nous en a conté une bonne au sujet de l'insomnie.

À sa sortie de l'université, quand elle a commencé sa carrière dans l'enseignement, elle s'est mise subitement à dormir très mal. Ça ne lui était jamais arrivé avant et elle a voulu réfléchir au phénomène.

C'est quoi, l'insomnie? Ça vient d'où? Ça provoque quelles réactions?

Ce genre de choses...

Elle se documentait à la bibliothèque. Elle prenait des notes dans des petits calepins noirs. Au bout d'un mois, elle en avait rempli une demi-douzaine.

Et c'était de plus en plus passionnant, tellement passionnant qu'en se couchant le soir, elle espérait ne pas s'endormir pour continuer d'approfondir son étude.

Malheureusement, comme elle était sur le point de trouver des idées nouvelles sur la question, du jour au lendemain elle a cessé d'être insomniaque. Elle aurait pu réaliser des découvertes fabuleuses qui auraient servi de références aux scientifiques de la terre entière... Peine perdue!

Après l'engueulade sur l'abonnement à *La presse,* pour détendre l'atmosphère, j'ai décidé de raconter à papa l'anecdote de ma prof d'anglais. Il m'a coupé la parole.

— C'est tout ce que vous apprenez dans vos cours, ça?

— Je ne vois pas le rapport...

Et il a fait porter la conversation sur Eusèbe, qu'il juge trop indépendant.

Trop indépendant!

Misère! il ne l'a jamais caressé, il ne l'a même jamais touché, ce chat-là! Comment peut-il avoir le culot d'affirmer qu'Eusèbe n'est pas assez affectueux?

J'ai filé dans ma chambre. Et j'ai attendu de l'entendre fermer la porte de la sienne pour sortir.

Alex

22 décembre

Ta carte m'arrive à l'instant.

Ma lettre du 16 n'a quand même pas pu te parvenir assez vite pour que tu en tiennes compte ici...

Inconcevable, ça!

Selon moi, tu as deviné la réponse que j'allais te faire. Si c'est le cas, toutes mes félicitations! Il y a des fois où tu m'impressionnes encore joliment.

Comment ça, un coton? Plutôt que de noircir les pages d'un journal intime, je préfère t'écrire, oui. Mais je ne vois pas pourquoi tu as le sentiment que je te traite comme un coton. Ce n'est pas à moi que je parle dans mes lettres, c'est à toi. Ça me semble évident. Tu deviens chatouilleuse, ma vieille.

Bon, maintenant je me calme...

Si j'ai reçu ta carte, ça signifie que j'ai reçu en même temps le cadeau qui l'accompagnait. À propos de coton, celui-là est magnifique! Et molletonné extra! Des chandails comme ça, avec le portrait de Léonard de Vinci, il n'y a plus moyen d'en trouver à Montréal...

Vinci aurait-il eu hier une réaction semblable à la mienne devant le comportement d'Agnès? Je l'ignore. Quoique... Je présume qu'il aurait perdu patience, lui aussi. Et je ne dis pas ça pour me comparer à lui. J'ai depuis longtemps passé l'âge de me prendre pour un génie.

Toujours est-il que c'était la révision de maths en compagnie de la belle Agnès. Elle a d'abord tenu à me raconter sa soirée au cinéma, la veille, avec sa mère. Hervé, qui est son copain officiel, avait une partie de hockey à Trois-Rivières.

— Mes parents m'ont défendu d'accompagner le club. Pur caprice de leur part. Il joue ailier gauche.

Je le sais, qu'il joue ailier gauche! Je sais même qu'il est le deuxième meilleur marqueur de la ligue.

— T'entends-tu bien avec ta mère, toi?

J'ai été obligé de lui expliquer que ma

mère était morte en me mettant au monde.

— C'est rare de nos jours.

Évidemment que c'est rare! Depuis que je suis haut comme ça que les gens n'arrêtent pas de me répéter que je n'ai pas à me sentir coupable — et tout le blabla.

— Ton père s'est remarié?

— Non. Il s'est fait des blondes. En masse. Moi, j'oubliais les noms à mesure. Mais, depuis l'été dernier, si on se fie aux apparences...

Je suis venu tout près de lui confier qu'à mon avis la vie affective de papa était devenue aussi tranquille que la mienne... Je me suis retenu à temps.

— Si on faisait nos maths?

— Excellente idée!

Sauf qu'elle a enchaîné avec le couplet sur la présence féminine dont forcément j'avais dû manquer en bas âge...

— D'ailleurs, Alex, ça paraît...

J'ai répondu que j'avais entendu ça au moins cinq mille quatre cent vingt-sept fois.

— Pour compenser, j'ai une marraine formidable qui s'est toujours beaucoup occupée de moi. Irène. Elle est publicitaire. Là, je la vois moins souvent qu'avant parce qu'elle travaille à Paris. On correspond.

— Régulièrement?

— Certaines semaines, je lui écris presque chaque jour.

— Quoi?! Chaque jour? Comment tu fais?

— Je trouve le temps. C'est même très agréable...

Je te signale que je t'ai présentée comme publicitaire et pas comme publiciste. La preuve que je retiens tes leçons! Et je t'ai vantée. Je n'y suis pas allé avec le dos de la cuiller, tu peux me croire.

— Si on faisait nos maths maintenant?

Suggestion inopportune: Agnès n'en avait pas fini avec son cinéma de la veille.

— C'était ennuyeux. J'ai pensé à toi.

— Merci. C'est flatteur.

— Non, je veux dire que j'ai eu le temps de réfléchir et... Tu es susceptible sans bon sens, toi!

Elle a poussé un long soupir. Enfin, elle a sorti son cahier d'exercices. Et j'ai récapitulé avec elle une partie de la matière.

Comme toutes les trente secondes elle vérifiait comment sa blouse tombait, c'était difficile de résister à la tentation de suivre son regard. Bon, d'accord, j'exagère...

Mettons que ça lui est arrivé deux ou trois fois, moitié par défi, moitié par distraction.

Le coup classique, quoi!

J'ai beau ne pas être plus obsédé qu'un autre par les seins des filles, j'ai quand même fini par être totalement déconcentré. Lorgne à gauche, lorgne à droite...

Agnès doit porter le modèle de soutien-gorge annoncé dans les plus récents magazines français. Je prends toujours quelques minutes pour feuilleter les derniers numéros, au kiosque à journaux situé près de l'école. Ce modèle-là donne au buste l'aspect d'un lance-torpilles.

Pour te résumer l'histoire, lorgne à droite, lorgne à gauche, je me suis mis à m'embrouiller dans mes explications. Avec un sourire en coin, elle m'a demandé si tout était correct. Que voulais-tu que je réponde?

— Excuse-moi. C'est un chapitre que je n'ai pas eu le temps de bien réviser.

Et j'ai remballé mes livres.

— Tu es grave, toi!

Ça, je le sais.

Pas seulement grave... Crétin, abruti, imbécile, idiot. J'ai pris l'autobus en direction de la maison en me traitant de ces noms-là tout le temps qu'a duré le trajet.

À deux rues de chez moi, il y avait une auto mal garée et ça passait serré. En dépit du fait que le chauffeur d'autobus me paraissait sympathique, j'ai souhaité un moment que ça accroche — rien que pour mettre un peu d'action dans ma journée.

Quand j'ai poussé la porte, Eusèbe miaulait. Je lui ai donné une belle grosse tranche du saumon fumé que papa a reçu en cadeau d'un de ses clients. Il a hésité avant de manger. La tête penchée, il me dévisageait. Il n'en croyait ni ses yeux ni ses narines.

Le téléphone a sonné.

C'était Angéla, l'autre plus belle fille de la classe. Agnès venait de l'appeler.

— Je suppose que tu veux annuler? Agnès doit t'avoir rapporté que je m'étais conduit comme un...

— Un quoi?

— Je cherche le mot. Disons, un énergumène...

— Au contraire, elle a trouvé que tu résumais la théorie infiniment mieux que le prof. Moi, vois-tu, j'ai surtout besoin de me faire rafraîchir la mémoire. Tu sais, les notions du début, c'est loin...

— Moi, mieux que le prof?

Ça, ça me dépasse! La psychologie féminine a pour moi de ces secrets!

— C'est quoi, ton affaire d'énergumène?

— Rien, rien...

On s'est fixé rendez-vous à la cafétéria une heure avant l'examen.

Même si ça risque d'être interprété comme un geste d'arrogance, tu peux être sûre que je vais mettre mon chandail Léonard de Vinci.

Alex

P.-S. J'ai fait un rêve dans lequel les lettres que je tirais au scrabble formaient des combinaisons toutes plus tordues les unes que les autres. STRELMK, JFLUZGH, etc. Le juge fronçait les sourcils, vérifiait dans son *Larousse* et, chaque fois, le mot existait. Le public m'applaudissait, mais je n'étais pas très fier de moi.

23 décembre

Moi, l'expert en accent, je me suis trompé.

Crois-le ou non, Irène, je...

Angela. Elle s'appelle Angela.

Sans accent aigu.

Sa mère est née en Italie, à Milan — où précisément Léonard de Vinci a passé une partie de sa vie.

J'ai alors pensé que j'avais drôlement bien fait de mettre ton chandail.

Je croyais avoir affaire à une adepte des salons de bronzage et je me suis fourré le doigt dans l'oeil. C'est à cause de ses origines méditerranéennes qu'Angela a la peau si foncée.

Elle étudie la danse depuis qu'elle est toute petite. Ça l'a toujours passionnée. Je lui ai parlé de toi, de ton travail... Son grand-père vit à Paris, imagine, et pas très loin de ton quartier.

L'examen de maths a été facile. Trop facile. Je me méfie... Comme je m'y attendais, j'ai vraiment fait fureur avec Léonard de Vinci.

Angela et moi, on est revenus ensemble. À pied.

Elle habite à plusieurs rues d'ici, mais le détour en valait la peine. Elle m'a donné son numéro de téléphone. On devrait se revoir pendant les fêtes.

Mme Deslandes, la concierge, m'attendait dans le hall.

Elle m'a montré un avis à afficher concernant les pelles et les balais qui traînent sur les balcons. J'ai corrigé ses fautes avec empressement.

— Tu as l'air de bonne humeur, toi!

— La neige a des reflets de cantiques, les tourtières sont en fleurs... Ça sent la joie, Réjane, ça sent Noël!

— Doux Jésus!

Elle est restée interloquée. C'est la première fois de ma vie que je l'appelle par son prénom.

Sur le répondeur, il y avait un message de papa. Il m'annonçait qu'il ne serait pas là pour manger.

«Trop de travail au bureau. J'ai laissé *La presse* sur ton lit. Bonne lecture.»

Ma foi, c'est une tentative de blague, ça!

Alex

25 décembre

Joyeux Noël!

Je me suis fait couper les cheveux. Très courts. Si courts que j'ai l'air d'une victime de la mafia des coiffeurs. Les insolents, on les châtie en leur rasant la bolle, c'est bien connu. Évidemment, toi qui vis à Paris, tu dirais plutôt le bol.

Masculin? Féminin? Ras le bol!

Micheline, la soeur de papa, a la manie de frictionner la nuque des gens quand elle les embrasse. Personnellement, je déteste. Et ses doigts sont froids comme ceux de Dracula, ce qui est bizarre pour une personne qui est quand même grassouillette.

Quand elle m'a sauté au cou tout à l'heure pour m'offrir ses voeux, j'ai eu un haut-le-corps.

Réflexe strictement défensif.

— Voyons, Alex, qu'est-ce qui te prend?

Papa s'est évidemment mis de la partie. Comme tu le sais, il n'en rate pas une! J'ai fait le dos rond. Même si j'avais épluché le répertoire mental de mes meilleures excuses, c'est sûr que je n'en aurais trouvé aucune de nature à les contenter.

Bref, je me suis aperçu que j'avais les cheveux réellement trop courts quand la main glacée de Micheline m'a gelé le cerveau.

Cette année, elle a tenu à s'occuper seule du réveillon. Elle nous avait préparé une espèce de punch à base de rhum, de citron et de cannelle. J'en ai pris tout de suite deux grands verres, histoire de me réchauffer les neurones.

Sournois, son punch, très sournois...

Il m'a complètement sonné.

À table, je n'ai ouvert la bouche que pour m'empiffrer de dinde. Dans ces moments-là, papa en profite. Il fait son numéro favori. Il cite telle phrase subtile que je serais censé avoir prononcée à quatre ans. Telle autre à cinq ans. Et ainsi de suite. Il m'invente des mots brillants.

Les invités font les hypocrites.

Je pourrais protester, pousser les hauts cris, nier...

Bah! Dans l'esprit de papa, ça se passe comme si, arrivé à quinze ans, j'étais maintenant trop vieux pour garder des souvenirs précis de mon enfance.

C'est insultant.

Je le sais, moi, que je n'ai pas eu les éclairs de génie qu'il m'attribue... En revanche, ce que j'ai vraiment fait et dont il pourrait être fier, ça, jamais il ne le mentionne. Pour m'entendre avec lui, il faudrait que je souffre d'amnésie précoce.

Rappelle-toi, Irène, quand j'avais l'âge de fréquenter la maternelle. Les adultes s'adressaient à moi et, c'était immanquable, papa répondait à ma place. Une fois, tu le lui avais reproché. Vous vous étiez disputés à ce sujet-là.

Il paraît que, dans certains pays, répondre à la place de l'autre, c'est utilisé comme méthode de torture. Je n'ai pas de difficulté à le croire. Dans plusieurs films en tout cas, c'est une façon très efficace de mener un interrogatoire de police.

La tête me tourne. J'ai trop bu... Charmants cauchemars en perspective — si seulement j'arrive à fermer l'oeil.

Une petite pensée pour la prof d'anglais.

Pour employer le même vocabulaire que la directrice de l'école, je te dirai que le marchand de sable va mettre son costume de prince des ténèbres et venir se jucher au-dessus de mon lit...

Merci pour ton coup de fil. Même si la ligne était archimauvaise, ça m'a fait plaisir d'entendre ta voix.

Eusèbe, qui somnole à mes côtés, t'envoie ses ronrons en guise de souhaits.

Le prince des ténèbres ne le dérangera pas, lui.

Alex

Chère Irène,

Je sors de l'hôpital.
Rien de grave, rassure-toi.
Sous la douche, j'ai éternué quatre ou cinq fois et je me suis mis aussitôt à saigner du nez. Je n'ai pas immédiatement compris que c'était le nez, à cause de l'eau qui me dégoulinait dans la figure. À la vue des gouttes rouges sur mes jambes et sur mes pieds, j'ai d'abord pensé que c'était du pénis que ça venait...
Tu peux t'imaginer la scène.
J'ai sali deux essuie-mains. Je me suis flanqué un sac de glace sur le front, narines pincées. Debout, à genoux, assis, roulé en foetus, couché sur le dos, sur le ventre: rien à faire, ça n'arrêtait pas de couler. Un vrai

robinet!

Finalement, j'ai appelé un taxi. Je suis sorti dehors avec, autour du cou, ma grande serviette blanche tachée de sang. Je ne te mens pas, quand il m'a aperçu, le chauffeur, un Noir, a viré au gris pâle.

Vite à l'urgence!

En chemin, le Noir m'a expliqué, moitié en anglais, moitié en français, qu'il avait dû renoncer à une carrière de joueur de football parce qu'il s'évanouissait à la vue du sang. Et il s'arrangeait pour ne pas trop m'observer dans son rétroviseur.

Moi, j'avais le coeur qui cognait dur. Par chance, je n'ai eu que quelques secondes de panique — uniquement au début.

Après m'avoir examiné, le médecin de garde a poussé un long soupir.

Rassurant, ça!

— C'est quoi, exactement? Le scorbut?

J'étais très content de ma réplique, je t'avoue.

Il a ri.

— Excuse-moi. J'ai ma nuit dans le corps. En plus, je viens juste d'être averti que je devais remplacer une collègue qui a attrapé la grippe... Sois tranquille. En ce qui te concerne, je n'ai rien diagnostiqué de sérieux. L'air que tu respires est probablement trop sec. As-tu un humidificateur à la maison?

— Oui...

— Et alors?

— Je ne le branche pas...

— Pourquoi?

— À cause du bruit... Ça agace le chat.

— Eh bien! à partir de ce soir, il va falloir l'utiliser. Sinon, les hémorragies pourraient recommencer.

Puis il m'a gelé et il a cautérisé la veine éclatée.

— Ça te fait mal?

— Non, mais j'ai quand même conscience que c'est moi, la viande que vous êtes en train de rôtir.

Encore une fois, il a ri.

Je me sentais en verve, va comprendre pourquoi! Et j'avais ma voix rauque du matin, du genre gros fumeur de cigares. Avant de quitter l'hôpital, je lui ai serré la main. Merci beaucoup, docteur.

Dès que j'ai mis les pieds dans la rue, la faim m'est tombée dessus. Je suis entré dans un restaurant et j'ai engouffré trois oeufs, six toasts, cinq tranches de jambon, de la marmelade, du beurre d'arachide...

La serveuse n'en revenait pas.

J'ai payé. Comme il ne me restait pas suffisamment d'argent pour laisser un pourboire décent, j'ai filé sans regarder derrière moi.

Comparé à Marc, je ne suis pas à plaindre. J'ai saigné du nez et, une heure et demie plus tard, je me porte comme un charme.

Marc, je t'en ai déjà parlé, c'est le gars qui a la leucémie. Les traitements lui ont fait perdre ses cheveux. Là, ça repousse lentement.

Quand il était chauve, il portait un bandeau noir. Et, au lieu d'une plume d'Indien, il avait glissé un peigne entre son crâne et le bandeau. Dans la classe, ça mettait mal à l'aise la plupart des élèves. Sans parler des profs.

Moi, j'apprécie l'humour noir. Je le lui ai dit. On est devenus copains. Il est de toute première force au scrabble. Aux échecs aussi.

Devant l'immeuble, les enfants s'amusaient dans la neige. Ils ont crié: «Alex! Alex!» Je les ai aidés à monter une sculpture représentant (vaguement, je te l'accorde) le capitaine Haddock.

Si j'avais un voeu à formuler, ce serait que chaque jour d'hiver — chaque jour de vacances, en tout cas —, la neige soit assez molle pour que les enfants puissent faire des bonshommes.

Et toi, pour t'aider à soigner les symptômes du mal du pays, je t'envoie une photo des enfants et de leur statue. Elle a été prise au polaroïd. C'est Mme Deslandes qui nous a fourni la casquette.

Alex

P.-S. La tache au bas de cette feuille, devines-tu ce que c'est? Non? C'est de la neige fondue, ma vieille, de la neige de Montréal! Penses-y un instant...

29 décembre

Prends le temps de t'asseoir, ma vieille, parce que j'en ai long à te raconter.

Angela et moi, on avait convenu de se rencontrer au casse-croûte et de passer la majeure partie de l'après-midi à patiner autour du parc. Les restes du vent de la tempête d'hier ont chambardé nos plans.

À mon avis, il existe trois erreurs de conduite en ce qui concerne les rendez-vous.

Trois erreurs graves.

Première erreur: arriver en retard. Deuxième erreur: arriver en avance. Troisième erreur: arriver à l'heure pile.

La pire faute des trois, celle qui abîme le plus le système nerveux, c'est la dernière: arriver à l'heure pile. Je te vois hausser les épaules. Ne discute pas, Irène, parce que j'en connais un bon bout là-dessus.

Comme le rendez-vous avec Angela était à onze heures, j'ai ajusté mes flûtes pour entrer dans le restaurant à onze heures précises (pas une minute de plus, pas une minute de moins), le pouls en ébullition, les tempes en feu.

Angela m'attendait.

Elle a froncé les sourcils et m'a apostrophé sur un faux ton de reproche — avec, en réalité, une grosse envie d'éclater de rire.

— Bravo! Toi qui m'avais dit au téléphone qu'il ferait beau et qu'on...

— Moi et Dorval. N'exagérons rien.

— Quoi?

— Moi et la météo. Je ne suis pas tout seul à m'être trompé.

Elle a acquiescé. Puis elle a voulu savoir si je m'étais endormi sur le fauteuil du coiffeur.

— Non, mais j'ai eu le goût d'avoir la même coupe que Marc.

À cause des médicaments contre la leucémie, Marc a perdu ses... Je t'ai déjà expliqué tout ça.

Angela a trouvé ma blague très peu amusante.

Et elle a eu raison.

Je déteste avoir un comportement aussi idiot. Je déteste confirmer cette opinion que mon père a de moi quand il m'accuse de me prendre pour le nombril du monde... Je vais te dire là une énorme évidence, Irène, pardonne-moi. L'évidence, la voici: je déteste me détester.

Des fois, une petite phrase de travers peut changer le cours d'une journée entière. Je n'avais jamais beaucoup fait attention à ça auparavant. «C'est fragment par fragment qu'on forge sa destinée.» Les professeurs du pensionnat nous répétaient ça comme une litanie. Moi, ça m'entrait par une oreille et...

Toujours est-il que, si j'étais resté les fesses serrées, le cul figé sur la banquette de fausse moleskine, englué dans mon ego comme une chenille dans son cocon, on se serait... Bref, si je n'avais pas rapidement réparé ma gaffe, Angela aurait été maussade tout l'après-midi.

— Moleskine: j'aime beaucoup les consonnes qui composent le mot. Toi?

Elle a souri.

Pour détendre encore plus l'atmosphère, j'ai raconté l'épisode du chauffeur de taxi, de l'hôpital et du médecin fatigué mort.

Incidemment, Eusèbe ne s'habituera pas à l'humidificateur. Ça chuinte trop à son goût. Quand j'ai branché l'appareil, il a miaulé, miaulé, miaulé. Ça a duré une heure. Mon hypothèse, c'est qu'il croit qu'il y a un autre chat emprisonné à l'intérieur, un matou encore plus gros que lui. Depuis hier, il évite d'entrer dans ma chambre.

En revanche, il a semblé trouver Angela très sympathique. On est passés par la maison pour laisser nos patins et, tout de suite, il est venu se frôler contre elle. Brave Eusèbe, va!

Puisque la bourrasque n'avait pas l'air de vouloir se calmer, on a décidé d'aller au cinéma. Angela a choisi le film en consultant les annonces du journal.

— Quelque chose avec de la danse, ça t'intéresserait?

— D'accord. Tu sais, je...

Elle a adoré ça. Moi, j'ai été déçu en diable.

L'histoire ne tenait pas debout. C'étaient des jeunes en vacances qui organisaient une soirée à l'occasion de... Je ne t'en dis pas plus, j'aurais trop peur de t'ennuyer. Le titre? Tu ne le sauras même pas.

Une fille à cou d'autruche s'est assise

devant moi au moment où les lumières s'éteignaient. Elle a fait des exercices d'assouplissement pendant presque toute la projection. Quand la musique était très rythmée, on voyait sa tête s'agiter devant l'écran. Style métronome détraqué.

J'ai entendu jaser dans la salle du début à la fin. Absorbée par le film, Angela, elle, ne s'est aperçue de rien.

À la sortie, comme le vent était tombé, on a marché. On s'est tapé la rue Sherbrooke d'Atwater jusqu'à Amherst. Et on a traversé le parc en diagonale. Cinq milles à pied, ça use les souliers. Dix milles à pied, ça creuse l'estomac. Angela avait payé les billets de cinéma. Je l'ai invitée au restaurant.

— Non seulement ça me fait plaisir, Alex, mais ça va me permettre d'économiser un peu d'argent pour mes cours de danse.

Elle ne manque pas de franchise, tu peux le constater...

Et tu devrais voir comment elle enroule ses pâtes autour de sa fourchette. Ça n'en finit plus. On a l'impression qu'elle n'arrivera jamais à en ramasser assez pour faire une bouchée convenable.

Elle a encore de l'Italie dans les gènes,

je te jure...

Le plus drôle pourtant, c'est qu'elle a fini son plat cinq minutes avant moi. C'est vrai que je mange lentement...

Le patin, on a remis ça à la semaine prochaine. Possible même que ce soit avec Agnès et Hervé... Ce ne sera pas de tout repos.

Excuse cette lettre de plusieurs pages. Ce soir, comprends-moi, je n'avais pas l'humeur au condensé.

Alex

30 décembre

Juste une anecdote.

Angela et moi, on s'est mis à citer les phrases les plus abominables qu'on avait sorties — moi à des filles, elle à des gars.

Elle, l'année dernière, il y a le meilleur ami de son cousin qui, pour lui faire comprendre qu'il était amoureux d'elle, lui a dit qu'il la voyait le matin dans ses céréales.

Tu sais ce qu'elle lui a répondu?

— Mange des toasts, ça va s'arranger.

Ça te montre à quelle sorte de tempérament on a affaire.

Et toi, tes amours, ça va?

Alex

3 janvier

Comme ça, tu as failli te casser une jambe en ski! Et en Suisse! C'est d'un chic,
ma chère...

Peter n'a pas pu t'empêcher de prendre
ta plonge? Pourtant, si je me fie à la photo
que tu m'as envoyée, il a des bras, ton
Allemand...

As-tu été obligée de demander un congé
à ton patron?

Quand on songe que, pas plus tard que
l'automne passé, ton agence a obtenu un
prix pour sa grande campagne de sécurité
dans les sports... Ne proteste pas. L'affiche
est collée sur mon mur. Je l'ai devant les
yeux. Il y a même ton nom écrit en petits
caractères à gauche. Pour le voir, ça prend
presque une loupe, remarque...

> Conception: Irène Cartier.

Merci pour tes voeux. C'est la première fois de ma vie que je reçois un télégramme.

Papa a profité des soldes d'après les fêtes pour m'acheter des draps. Ils sont d'excellente qualité (ton beau-frère ne lésine jamais sur la qualité), mais le fleuri en est tellement affreux que j'ai peur, en me couchant, de rêver que je me fais digérer par des plantes carnivores.

Et figure-toi qu'avec l'humidificateur qui fonctionne à plein régime, la végétation tropicale a maintenant l'atmosphère idéale pour se développer parfaitement.

Mes relations avec papa ne s'améliorent pas.

Quand je lui ai appris que ça risquait de devenir sérieux entre Angela et moi, tu sais ce qu'il a trouvé de plus intelligent à me dire?

— Arrange-toi au moins pour que je ne sois pas grand-père par accident.

Je n'ai pas hésité une seconde avant de révéler à Angela que je m'entendais mal avec mon père. À présent, j'en parle volontiers.

Avant l'année où il m'a envoyé au pensionnat, j'aimais mieux mentir et essayer de le faire passer pour un père normal, un

père comme les autres avec un tempérament un peu plus fort que la moyenne...

J'avais tort parce que, la fameuse fois où
ça a éclaté en public, toute ma rage accu-
mulée, c'est moi que les gens ont blâmé.

— C'est honteux! Un petit morveux qui
s'en prend à un homme aussi mesuré, à un
homme qui a fait d'énormes sacrifices pour
lui...

Tu t'en souviens? Dans les semaines qui
ont suivi, je m'en suis bien assez mordu les
pouces...

À quoi bon revenir sur cet épisode?

Depuis mon retour à la maison, excep-
tion faite de quelques prises de bec trop
rapides pour qu'on y laisse vraiment des
plumes, entre lui et moi c'est la guerre des
nerfs. Eh bien! crois-le ou non, les fureurs
de mes treize ans me manquent. Il n'y a
rien comme l'excitation de la colère pour
recharger ses batteries.

Psychologiquement.

Et chimiquement.

On a analysé ça en bio.

Si tu entends répéter, mettons dans dix
ou quinze ans, que je marche sur les traces
de mon père, veux-tu alors avoir la gen-
tillesse de venir me calmer les sangs?

Je t'en fais solennellement la demande.

Tu ris...? J'espère que non parce que, moi, je ne plaisante pas.

Alex

P.-S. Quand j'étais petit, je pensais que maman n'était pas réellement morte. Dans mon esprit, elle m'avait abandonné après ma naissance. Et j'étais sûr que j'avais été recueilli par un étranger qui se faisait passer pour mon père.

Au début, plus ça me trottait dans la tête, plus ça m'angoissait. Je me rappelle certains soirs où, en me glissant sous les draps glacés, je n'en menais pas large... Sauf que je n'ai pas tardé à trouver du plaisir à ruminer tout ça.

C'est toi une fois qui, exaspérée à force de m'entendre divaguer, m'as mis sous le nez l'album de photos.

L'étranger était mon vrai père, impossible de le nier: j'avais le même menton, les mêmes pommettes saillantes — sans compter plusieurs traits de son charmant caractère.

4 janvier

Chère Irène,

Gniouou, gniouou, gniouou... Non, malgré les apparences, ce n'est pas mon gros intestin qui gargouille de faim, c'est le chien qui gémit à l'étage au-dessus.

Eusèbe le déteste.

C'est un bouledogue jaune caca et poltron, plutôt laid, qui ne grogne et ne jappe que si son maître est là pour l'encourager. Autrement, il se lamente — comme en ce moment.

Son maître n'est pas plus brillant, remarque, lui qui le laisse tout seul dans l'appartement à longueur de journée. J'ai souvent l'idée d'en glisser un mot à Réjane (à Mme Deslandes, si tu préfères) mais, je me connais, je me ferais l'effet d'être un porte-paquet. Un mouchard.

Ce matin, papa s'est plaint d'une douleur au creux du thorax. Je lui ai suggéré de prendre des vacances. Il ne s'est même pas donné la peine de me répondre.

— Est-ce que ça se peut, papa, que tout ce que je dise soit dépourvu d'intérêt?

— Quoi?

— Toi, tu parles du taux de l'impôt ou du confort de tes souliers et il faut que je trouve ça passionnant.

— Où tu veux en venir, là?

— À ce que je viens juste de te demander: est-ce que ça se peut que j'ouvre la bouche rien que pour sortir des niaiseries?

— Mais non, tu sais bien que...

— Dans ce cas, accorde-moi donc un peu d'attention de temps en temps. Tout à l'heure, ce n'était pas le vent dehors, ce n'était pas un bruit de fond, c'était moi qui te parlais.

— Attention, Alex, j'ai l'impression que ton disque est accroché.

Oh! ça ne me dérangeait pas de lui laisser le dernier mot.

Je ne te retranscris pas les répliques tout à fait comme elles ont été prononcées. Les phrases se bousculaient davantage mais, en gros, ça correspond à la conversation qu'on a eue. Et même s'il est resté bourru, papa m'a écouté jusqu'au bout.

En fait, il n'est pas si monstrueux. On dirait que son ego occupe tout l'espace disponible à l'intérieur de lui-même. Le problème, je pense que c'est ça. Son ego est tellement bouffi qu'il bloque la plupart des ouvertures, l'ouverture d'esprit et spécialement, l'ouverture de coeur.

Partir en vacances lui ferait le plus grand bien.

— *Come on, Prince, come on.*

Le voisin du haut est rentré. Ma foi, il est en train d'apprendre l'anglais à son bouledogue!

Note que quelqu'un qui enseigne l'anglais à son chien ne peut pas être tout à fait irrécupérable. Ne crains rien, Irène, je ne le dénoncerai pas à Réjane.

Alex

P.-S. Lorsque, dans un roman que je lis (en ce moment, c'est du Giono), le héros se sent ému en marchant le long des rues de la ville où il a grandi, moi, ça me touche beaucoup. J'en ai même parfois les larmes aux yeux.

J'ose à peine songer aux crises de nostalgie que je vais me taper, ma vieille, quand je vais avoir ton âge.

Ci-joint trois photos d'Angela prises devant l'immeuble, Angela qui claque des dents dans son petit manteau de drap.

8 janvier

Papa a fait une crise cardiaque.

Il s'habillait dans sa chambre. J'ai entendu un bruit sourd, puis un cri. Il m'appelait. Il était au pied du lit, plié en deux, le pantalon roulé sur les chevilles. Avant de lui porter secours, j'ai remonté son pantalon — pour redonner à la scène une espèce de dignité.

Absurde, hein!?

Il y avait infiniment de détresse dans ses yeux.

Ses mains étaient moites et froides, ses doigts crispés comme ceux d'un musicien qui se serait électrocuté sur sa guitare. (Tu ne raffoles pas de ma comparaison? J'ai pris la première qui me passait par la tête.)

Je l'ai redressé — jusqu'à ce qu'il me fasse signe qu'il se sentait un peu moins mal comme ça, assis par terre, le dos au mur.

J'ai composé le 9·1·1, je n'ai pas eu à expliquer quinze fois la situation, l'ambulance était devant l'immeuble quelques minutes plus tard. Un des ambulanciers m'a même félicité pour mon sang-froid...

À mon retour de l'hôpital, j'ai trouvé à l'appartement Micheline et Fabienne, les deux soeurs de papa. C'est moi qui avais demandé à la concierge de les prévenir.

Tu les connais...

J'ai cherché une formule de politesse pas trop tarte et appropriée aux circonstances. Comme il ne me venait rien, je n'ai pas desserré les dents.

Elles étaient occupées à repasser le linge. Ça te montre bien qu'elles ne s'améliorent pas avec le temps. Je laisse leur frère aux soins intensifs, branché sur une demi-douzaine d'appareils. Je rentre. Elles sont dans le repassage!

(Je suis tenté de biffer les dernières phrases. Angela m'affirme que sa mère, pourtant équilibrée et tout, pourrait très bien se comporter ainsi dans un cas semblable.)

Micheline m'a embrassé très fort.

Comme d'habitude, elle m'a coincé la nuque dans un étau.

— Ton père fume trop. Inévitables, les ennuis de santé, quand on en est à deux paquets par jour...

J'ai hoché la tête. Fabienne a continué, elle, à plier le linge. En pareil cas, le mieux est peut-être en effet de s'engourdir dans des besognes très concrètes.

Je suis demeuré quelques instants à les observer. Leurs gestes méticuleux m'ont vite exaspéré. Là-dessus, Réjane Deslandes, la concierge, est arrivée.

— Je viens aux nouvelles. Comment est-ce qu'il va?

Là, je les ai regardées comme il faut toutes les trois. Réjane, Micheline, Fabienne. Ré, mi, fa. Ensemble, elles formaient un bout de la gamme, mais leur musique sonnait pas mal faux.

Ce qui a fait déborder la mesure, ç'a été d'entendre Fabienne marmonner le mot orphelin.

— Pauvre orphelin!

Quelque chose dans ce ton-là.

Moi, je déteste le mot orphelin. J'ai plusieurs bonnes raisons pour ça. Je le déteste encore plus quand c'est Fabienne qui le prononce.

— Je ne vous dérangerai pas plus longtemps. Puisque vous êtes dans le grand
ménage, profitez-en donc pour nettoyer la
salle de bains!

C'était méchant — et injuste pour
Micheline. Malgré ses travers, elle fait son
possible. Son gros possible, comme elle
dit. Sauf que j'étais hors de moi. Heureusement que je suis parti en claquant la porte
parce que j'aurais pu leur sortir les pires
horreurs.

À l'école, comme j'avais appelé pour
prévenir la directrice de mon retard, toute
la classe était déjà au courant.

— Il va s'en remettre? m'a demandé
Edward.

— Les spécialistes pensent que oui. Ils
n'osent pas encore se prononcer plus que
ça. Son état reste grave.

Lui, son père est mort l'année dernière,
précisément d'un infarctus. Tu ne t'en souviens sans doute pas. Tu étais totalement
absorbée par tes préparatifs de départ.

La différence avec moi, c'est qu'Edward
aimait beaucoup son père. Le chagrin l'a
rendu cynique, je dirais... Drôle, mais
cynique.

Les élèves l'appellent Ed. La plupart des profs aussi. Si bien que ça fait parfois bizarre de voir E·d·w·a·r·d inscrit au tableau d'affichage. Avec un *w*. Ce nom lui vient de son arrière-grand-père qui, au début du siècle, a déménagé sa petite usine de parapluies de Southampton (Angleterre) à Montréal (Québec).

Je suis un des seuls, je crois, à ne pas toujours employer le diminutif. Mais tu sais déjà tout ça...

Angela s'est approchée de nous. Elle a touché mon bras et elle a glissé sa main sur mon épaule, sans cérémonies ni rien.

Ça m'a réconforté.

Quelle fille formidable!

Alex

9 janvier

Papa est sauvé.

Il est sauvé mais, comme je te l'ai dit au téléphone, il va être obligé de subir une opération assez délicate.

Assez risquée aussi.

Je ne te cache pas que ça me soulage qu'il s'en soit tiré comme ça. On a beau ne pas être sur la même longueur d'onde, c'est mon père et je suis son fils. Banal? Je regrette, Irène... Pour le moment, je ne trouve rien de plus brillant.

Les événements récents sont encore trop chargés d'émotion. Je n'arrive pas à en démêler l'écheveau — pour copier le style d'un des vieux auteurs de mon livre de français. Dans mes mots à moi, je te dirais plutôt qu'ils sont entortillés dans le velcro, les événements...

En dehors des rencontres avec Angela, je consacre la majeure partie de mes temps libres aux études. Ça m'évite de me torturer avec des choses sur lesquelles, de toute façon, je n'ai pas les moyens d'agir.

Boisvert, le professeur d'histoire, nous est revenu de vacances avec un authentique bronzage de skieur de randonnée. Et la plupart des filles se sont pâmées là-dessus.

Il nous a vaguement parlé d'un travail de recherche à remettre d'ici trois semaines. En quoi consiste cette recherche? On a bien essayé de le savoir, mais il ne faut pas trop en demander. Quand on devine ce qu'il ne veut pas, celui-là, on peut déjà considérer qu'on a une sacrée chance.

Edward lui a posé une question et il s'est fait rabrouer. Angela et moi, on a échangé un clin d'oeil complice. Boisvert a tellement peur d'avoir l'air fou devant la classe que ça va finir par le rendre malade.

C'est le seul cours où je reporte tout à la dernière minute — ce qui est contraire à mon tempérament. Mais, en histoire, j'ai l'impression que ça va mieux en procédant de la sorte. (L'impression, je dis bien.) Je suis alors forcé de faire vite et mon sens critique n'a pas le temps de neutraliser mes intuitions.

Je n'insiste pas là-dessus puisque je sais que toi-même, dans ton métier de publicitaire, tu ne connais pas d'autres manières de travailler.

À la récréation, les filles causent dentelles et froufrous tout en faisant plus ou moins semblant qu'elles ne s'aperçoivent pas qu'on les écoute.

— De quoi se décourager d'avoir une blonde! s'exclame Edward en ajustant ses lunettes sur le bout de son nez.

Il dit ça moins par dépit que par désir de provoquer. En fait, il ne perd pas un mot de ce qu'elles racontent.

— Si tu veux, tu peux prendre des notes, lui lance Agnès, un sourire en coin. Aimerais-tu mieux qu'on parle de la pilule du lendemain?

Il hausse les épaules. Je lui annonce que je suis sorti avec Angela pendant les vacances.

— Ah oui!?

Il fait les yeux ronds et se tait l'espace de quelques secondes. Il m'entraîne au fond de la cour. La conversation en vient rapidement à porter sur Agnès.

Selon Ed, il n'y a pas grand-chose qui

dans la vie intéresse Agnès — à part mettre des bas à motifs (aujourd'hui, des coeurs transpercés de flèches) et vérifier si ses seins sont toujours à la bonne place.

Malgré ce qui m'est arrivé avec elle à la révision de maths, je crois qu'Edward exagère. Ce qui me fait rire toutefois, c'est d'apprendre qu'Hervé, le vaillant ailier gauche, traverse une période de léthargie absolument terrible. Au cours des cinq dernières parties, il n'a pas marqué un seul point.

Voilà comment on se réjouit du malheur des autres!

Quand la cloche sonne, on est encore à se tordre de rire, Ed et moi.

Au retour en classe, Rivard nous traite de vibrions. Je consulte immédiatement le dictionnaire. Vibrion: personne agitée. Eh bien! j'aurai au moins appris un nouveau mot en français cette année...

Je suis sévère envers Rivard. En réalité, il n'est pas si mauvais prof. Sauf qu'il m'a pris en grippe. Et je me sens obligé de lui rendre la pareille.

À propos, la dernière fois qu'il a voulu me sermonner, je lui ai joué un tour. Tout de suite, j'ai reconnu mes torts. Ça lui a coupé le sifflet. Il a fait la même tête que mon prof de tennis quand, par miracle, je réussis à le prendre à contre-pied.

Difficile à décrire.

Disons, la mine longue comme ça, avec la mâchoire qui pend et un bout de la langue qui dépasse. Très esthétique...

Alex

10 janvier

Chère Irène,

Réjane Deslandes n'avait pas eu les dernières nouvelles au sujet de papa et je lui ai fait la conversation pendant dix minutes entre les deux portes. Puis je suis monté à l'appartement. Et je suis redescendu avec le cactus.

Tu te demandes quel cactus... Patience, je vais t'expliquer.

Comme de raison, Eusèbe m'en veut d'avoir traîné en route.

— Quand on attend, mon vieux matou, il faut contrôler son exaspération. C'est signe de maturité, ça. Tu n'aurais pas aimé être à l'hôpital hier soir, toi!

M'entendant lui faire la leçon, le chat se rabat les oreilles avec dédain.

Oh! il a faim, c'est sûr.

Pourtant, juste pour me culpabiliser, il lève le nez sur la nourriture en conserve. Il n'espérait quand même pas encore une fois du saumon fumé...?

Le poisson rouge, lui, est dans tous ses états. Quand il s'est aperçu que j'allais être en retard, Eusèbe a dû s'amuser à l'épouvanter en agitant sa patte la moins bien dégriffée dans l'eau du bocal.

Je suis sûr qu'Eusèbe constate l'absence de papa. Si je te disais qu'il a parfois l'air de s'ennuyer de lui, me croirais-tu?

J'ai essayé de me préparer deux oeufs à la coque. Je les ai ratés parce que le sablier est détraqué. Il prend l'humidité et le sable met une éternité à couler.

En fin de compte, je me suis ouvert une boîte de fèves au lard. Je l'ai partagée avec ton chat puisque, va comprendre pourquoi, il est subitement revenu à de meilleurs sentiments à mon égard...

Je suis allé voir papa hier.

Il nous a fallu poireauter dans une petite salle parce que les malades n'ont pas le droit de recevoir plus de deux visiteurs en même temps.

J'ai été couplé avec Micheline. Ç'aurait

pu être pire. On a laissé Fabienne et Gérard, son innocent de mari, passer avant nous. On a attendu une demi-heure, une demi-heure creuse comme une dent. Micheline soupirait. Près de moi, un monsieur lisait la section nécrologique du journal tout en se faisant péter les bretelles.

L'ambiance était réussie, je te jure...

Quand Fabienne est enfin sortie, Micheline ne s'est pas gênée pour l'enguirlander.

— Tu l'as tellement fatigué que maintenant il ne voudra plus voir personne!

— Tais-toi donc...

En effet, il avait l'air à bout de force, très amaigri dans son pyjama mauve à rayures bleues.

— Vous exagérez! Je flottais là-dedans bien avant d'être malade.

Voilà ce qui s'appelle anticiper les commentaires.

— Je ne t'ai pas apporté de fleurs, a commencé Micheline. Moi, les fleurs dans une chambre d'hôpital, je trouve que c'est rien que bon à aspirer le peu d'air qui...

— En revanche, dans un salon mortuaire, c'est décoratif, les fleurs, ça convient parfaitement.

— Ne dis pas ça, voyons!

J'ai pouffé, moitié pour dissiper la tension, moitié parce que je suis amateur d'humour noir. Papa a semblé content que j'apprécie sa plaisanterie.

Pauvre Micheline!

À son anniversaire, en plus d'une reproduction de l'affiche du premier *Dracula,* avec Bela Lugosi, l'acteur qui se prenait pour une chauve-souris, je lui achète un livre sur les plantes d'intérieur. Promis, juré...

À propos de végétaux, j'ai été surpris de découvrir au centre de la table de chevet un cactus bien vert et bien charnu.

Agrafée au pot, une carte rose — et sur la carte, un mot, un seul: Constance.

— Un souhait de rétablissement ou le nom d'une ancienne conquête?

— Ne te mets pas d'idées dans la tête, ma soeur! C'est ma secrétaire qui me l'a envoyé. Alex, tu le rapporteras à la maison. Tu l'offriras à Mme Deslandes. Elle va être contente. Et attention de t'écorcher le nombril en le transportant.

— Je l'attendais, celle-là. Il me semble que ça faisait longtemps que...

— Il y en d'autres qui jugent que je suis un être plein de piquants, tu vois bien. Tu n'as pas l'exclusivité, mon grand.

J'ai haussé les épaules.

L'infirmière est entrée et nous a priés de partir. Elle tombait pile, celle-là.

Alex

P.-S. Tout à l'heure, installé dans le fauteuil, les pieds sur le dossier et la tête en bas, je parlais au téléphone avec Angela.

J'aime parler la tête en bas, même si ça provoque un afflux de sang dans mon nez. Fragile, mon nez, fragile... Ça permet d'avoir un regard neuf sur les choses. Je me dédouble. Je me fractionne — comme les personnages des romans de science-fiction que je lisais au pensionnat. Je suis Alex numéro un qui observe Alex numéro deux qui parle au téléphone...

Il faut mentionner que le grand miroir du vestibule m'aide beaucoup à réaliser cette délicate manoeuvre de scission.

13 janvier

Ta dernière lettre me laisse songeur, celle qui se termine par: «Le bonheur revient à la mode, méfie-toi.» C'est une boutade ou ça signifie quelque chose de plus sérieux?

Je veux des détails, je veux savoir si j'ai raison de m'inquiéter. Tu ne t'es pas disputée avec Peter, j'espère? Même si je fais des blagues sur son compte, je...

Ah! je préfère penser que c'est l'immobilité à laquelle te condamne ta jambe amochée qui te rend de mauvaise humeur.

Et tu me demandes si mon idéal de vie a changé depuis l'été dernier...

Sauter de quatorze à quinze ans n'est pas comme traverser une frontière et aboutir dans un pays étranger. C'est plus subtil, je suppose...

Je te répondrai que les plans que je fais pour mes châteaux en Espagne sont juste un peu plus élaborés qu'auparavant.

Je conserve mes fausses hontes et mes hésitations bébêtes. Il y a un mot que j'ai appris de toi (joli mot, d'ailleurs), le mot perplexité. Eh bien! je conserve ma perplexité.

Satisfaite, là?

Je manque d'audace. Je suis timide aussi. Rivard, le prof de français, ne soupçonne absolument pas l'étendue de ma timidité. Papa non plus, lui qui m'accuse de me prendre pour le nombril du monde... Oui, je manque d'audace. En tout cas, j'ai des périodes où...

Certains jours, je me sens tellement poche que, pour employer une de tes expressions favorites, j'ai envie de virer zen.

Ce doit être ça, l'adolescence!

Micheline me reproche de ne pas savoir me vendre.

— Prends l'exemple d'Irène, ta marraine...

Elle a raison. J'ai une foule d'idées, mais je n'ose en parler à personne. Pas même à Angela. Micheline me répète qu'on n'arrive à rien en restant dans sa chambre à crier qu'on est un génie — à moins d'ouvrir la fenêtre au maximum... Un génie? De toute façon, ces semaines-ci, il fait trop froid pour ça.

Je me défends mieux par écrit que de vive voix, c'est évident.

À l'école, je suis classé parmi les bolles. Je n'ai jamais eu le droit de donner mon avis là-dessus. Moi, je crois que le système se trompe. Je suis, disons, un intellectuel en herbe — certainement pas une bolle.

Marc, lui, est une bolle. Et il est dix fois plus angoissé que moi. C'est vrai qu'avec sa leucémie, il a de quoi se tourmenter...

Tout ça pour te montrer que, quand j'ai décidé d'aller voir la prof d'anglais, mon assurance n'avait rien de tranquille, au contraire. J'avais la chienne, quoi!

Je me suis fait violence.

— À la rentrée, madame, vous étiez extraordinaire. Là, il y a des cours où j'ai l'impression que tu fais exprès d'être plate. Je suis déçu.

Elle ne s'est pas démontée.

Elle m'a d'abord signalé que, lorsque je m'adressais à elle, je mêlais souvent le tu et le vous.

— Les mois de pensionnat ont laissé

des traces... Écoute, Alex, tu peux m'avouer que tu me trouves plate sans crainte de représailles. C'est déjà un bon point en ma faveur, non? Et je te gage que, d'ici la fin de l'année, j'aurai regrimpé dans ton estime. Tope?

— Qu'est-ce que...?

— Ça implique que tu acceptes le pari. Tope?

— Tope!

Puis on a parlé de l'infarctus de papa et je me suis aperçu qu'elle n'avait pas du tout perdu son petit côté philosophe.

On attrape les maladies qu'on mérite.

Selon ma prof, les gens n'aiment pas du tout qu'on leur dise ça. Ils détestent penser qu'ils ont un degré de responsabilité là-dedans. C'est assez pénible pour eux d'être souffrants, s'il faut en plus qu'ils se sentent coupables!

En revanche, ils sont flattés qu'on les complimente et qu'on leur déclare que, s'ils ont réussi à guérir, c'est grâce à leur détermination...

— C'est comme si la volonté intervenait uniquement dans un sens et pas du tout dans l'autre. Le paradoxe est intéressant...

— J'adore quand tu parles de ces

choses-là devant la classe.

— Je comprends. Le problème, c'est que j'ai aussi de la matière à voir avec vous. Sans compter les élèves que la moindre digression enquiquine...

— Enquiquoi?

— Enquiquine. Mais oui, voyons, il y a des élèves dont le souci premier est de...

— Ceux-là, on s'en fout!

— Euh!...

— Ce que tu nous a expliqué sur tes expériences d'insomnie, eh bien! moi, ça m'a passionné.

Elle a semblé ravie que je fasse allusion à cet épisode et elle a promis qu'à l'avenir elle sortirait plus souvent du sujet. Sauf qu'elle ne s'est pas engagée davantage.

D'après moi, elle a été avertie par la directrice.

Je présume qu'il y en a qui se sont plaints sous prétexte qu'ils prenaient du retard dans le cours.

Pauvres imbéciles!

Si je me fie aux réactions de papa (qui va être opéré dans deux jours), c'est vrai ce que la prof a raconté à propos des maladies.

Pour le moment, j'écoute la grosse Ella.

Et la chanson qu'elle chante s'intitule *What a Difference a Day Makes*.

Il y a quand même de drôles de hasards...

Alex

15 janvier

What a Difference a Day Makes est le titre qui me touche le plus, je pense. Avec *I've Got You under My Skin*. Pour d'autres raisons, comme tu peux t'en douter...

Il y a également sur le disque la pièce où la mère Fitzgerald se prend pour une grosse cloche, ding, dong, ding, dong (je t'en ai déjà parlé), et qui fait beaucoup rire Angela.

Mais cette chanson, il faut être pas mal en forme pour l'apprécier. Et là, je me sens plutôt anxieux.

Ça mottonne dans la gorge, dirait Edward.

J'ai mis le disque en attendant des nouvelles de l'hôpital. Tout pelotonné, Eusèbe ronronne sur mes genoux.

Petit, j'étais déjà doué pour m'inventer des peurs. Une grande variété de peurs.

J'agissais de la sorte pour ne pas risquer de m'ennuyer. C'était la raison principale.

Je m'aperçois que je n'ai pas tellement changé.

En cette minute précise, j'ai peur d'entendre le téléphone sonner et d'apprendre que papa est mort sur la table d'opération.

Alex

16 janvier

Il paraît que, même si ç'a été plus long que prévu, tout s'est déroulé à merveille.

Papa a eu quatre pontages. Les médecins ont pris des bouts de veines de sa jambe et les lui ont branchés à l'intérieur de la poitrine. La jambe droite? La jambe gauche? Je ne me rappelle plus.

Oui, ils ont branché les bouts de veines.

Clic, clic!

Impressionnant, hein?

Je suis soulagé. La vie va enfin revenir à la normale. Je ne veux pas dire par là que j'ai hâte que les hostilités reprennent entre lui et moi, non...

C'est compliqué à expliquer.

M'occuper tout seul de l'appartement, ce n'est pas trop difficile. Avoir mes tantes sur les bras, ça (et je le dis au risque de faire un mauvais jeu de mots), c'est une autre paire de manches.

Avant-hier, je suis rentré à la maison avec Angela. On était seuls, on était bien... Fabienne est arrivée en coup de vent, oupse! sans prévenir ni rien, sous prétexte qu'elle ne savait plus s'il restait assez de litière pour Eusèbe.

Ça, je t'avoue que j'apprécie moins.

Par conséquent, revenir à la vie normale, ça signifie pour moi que Fabienne va avoir la délicatesse de donner un coup de fil avant de se pointer avec son gros sac de litière pour chats.

D'ailleurs, même Micheline trouve que sa sœur exagère...

Revenir à la vie normale, c'est ça: se sentir un peu moins les nerfs à vif, se débarrasser d'une partie de l'anxiété qui... Bah! assez discouru là-dessus, dirait mon prof de français.

Tu te souviens peut-être qu'au dernier tournoi de scrabble, j'ai perdu en finale contre Marc. Je t'ai raconté ça au téléphone. Il a réussi à placer l·y·n·x, alors que le mot comptait triple. Une chose qui n'arrive qu'une fois en six cent quatre-vingt-quatre mille neuf cent soixante-seize parties.

Je viens de prendre ma revanche sur lui aux échecs.

Ma tactique a été simple: le pousser à bout, l'exaspérer.

C'est un adversaire redoutable. Pourtant, il a une faiblesse...

Dès le début, je me suis aperçu que, quand je déplaçais une pièce, si je ne la posais pas très exactement au centre du petit carré, ça l'agaçait. Alors, ma stratégie a été de m'appliquer à ce qu'après dix-douze échanges, l'échiquier ressemble à un champ de bataille en déroute.

Je jouais du mieux possible, comme tu me l'as montré. Mais j'orientais les pièces n'importe comment. Par exemple, je tournais le cavalier dans ma direction plutôt que dans celle du rival, un peu comme si je m'apprêtais à sonner la retraite de mon armée...

Des choses dans ce style-là.

Marc, qui est maniaque de l'ordre, n'a pas tardé à être distrait et à multiplier les gaffes.

Lorsqu'il a sorti de sa poche sa bouteille de médicaments, j'ai su que je l'avais presque battu, que ce n'était plus que l'affaire de quelques coups.

Il s'est levé et m'a serré la main.

— Bravo! Tu m'as eu. J'espérais te livrer une meilleure lutte. La prochaine fois peut-être...

Je me suis vanté de ma victoire auprès d'Angela. Elle a voulu me rabattre le caquet en me reprochant de m'être servi d'une tactique déloyale.

Déloyale!

Elle est à côté de la plaque.

Complètement à côté...

Alex

17 janvier

Chère Irène,

Edward a voulu soumettre Boisvert, le professeur d'histoire, à un test de vivacité d'esprit. Il lui a joué la scène de l'amnésie. Et je te jure qu'il l'a emberlificoté.

Je te retranscris un bout de son monologue.

— Puisque vous parlez de cinéma, monsieur, je cherche le nom de cette actrice, celle qui avait le rôle principal dans... Je l'ai sur le bout de la langue, aidez-moi. On l'a vue aussi dans un autre film du même réalisateur. Voyons, monsieur, aidez-moi donc. Vous devez vous souvenir de la série télévisée où elle faisait une espionne. Le titre? Je cherche, je cherche... Son partenaire, c'était le grand brun qui... Comment il s'appelle déjà, lui...? Aidez-moi, aidez-moi.

Ed a fait durer ça un bon moment. Ce qu'il y a eu d'extraordinaire, c'est que tous ont gardé leur sérieux. Personne n'a trahi.

Tu veux sans doute savoir si je suis fier de ça?

Pourquoi pas?

L'esprit de classe, c'est important.

Évidemment, il a fallu aussi que j'aie une discussion avec Angela au sujet de la partie d'échecs d'hier.

Je suis orgueilleux. Je ne tolère pas qu'on m'accuse de tricher quand ce n'est pas le cas.

Marc a accepté de témoigner en ma faveur.

Il est correct, ce gars-là. Il a parlé des tournois internationaux et de toutes les manoeuvres d'intimidation qu'utilisent les joueurs de haut calibre. J'avoue que je ne lui en demandais pas tant.

— C'est ma faute, Angela. J'ai perdu ma concentration. Alex aurait été bien fou de ne pas en profiter au maximum.

Je ne te dirai pas qu'Angela s'est laissé convaincre... Mais, au moins, elle a cessé de bouder.

C'est toujours ça de gagné.

Plus tard, dans l'autobus, je lui ai demandé si, à cause de la leucémie de Marc, elle était bien certaine de ne pas éprouver pour lui quelque chose qui pourrait ressembler à de la pitié.

Ma question l'a désarçonnée.

— De la pitié? C'est possible. Je n'ai jamais songé à ça. J'aurais tellement honte si c'était de la pitié...

J'ai eu beau essayer de la tranquilliser, elle est demeurée inquiète.

Alex

P.-S. Ce que tu as présentement entre les mains, c'est le cahier spécial que l'administration a mis en vente pour financer les activités de l'école.

J'ai pensé qu'en voyant ça, toi qui t'occupes de publicité, tu tomberais sur le dos. Ça m'a coûté une fortune en timbres, mais je n'ai pas hésité un seul instant. Il fallait que je t'en envoie une copie.

La couverture représente les membres de la commission scolaire en réunion au sommet. Comme tu le constates, ce n'est pas une photo, mais une peinture.

Une horreur de peinture!

Le professeur d'arts plastiques (toujours les ongles en deuil, celui-là) qui a conçu la chose a même mis un autoportrait au dos du cahier. La modestie ne les étouffe pas, ces gens-là.

Toutes mes excuses pour les moustaches qui ont été rajoutées au crayon feutre. C'est Edward qui les a dessinées. Et je n'ai pas pu l'en empêcher.

À propos d'Edward, voici une autre de ses bonnes blagues de la journée. Il a demandé à la prof de sciences à quel moment de l'année il convenait d'entailler les pommiers pour obtenir le meilleur cidre.

Et la prof ne s'est pas fâchée, figure-toi. Elle a même ri avec nous.

P.-P.-S. Je ne sais pas ce que Fabienne a mis dans la lessive, probablement de l'eau de Javel... Toujours est-il que Léonard de Vinci n'a pas supporté le traitement et qu'il a déteint presque en entier.

C'est bien dommage.

18 janvier

La prof faisait son exposé sur le plasma et les autres produits venant du placenta. Edward, qui était probablement dans la lune, a levé la main pour demander si le placenta faisait partie des pays d'Afrique ou d'Amérique latine.

Toute la classe a éclaté de rire. Croyant qu'on se fichait d'elle, la prof a piqué une crise.

— Vous avez le droit de ne pas savoir grand-chose, bande de zozos. C'est même pour ça que vous êtes à l'école! Pourtant, de là à en faire une obligation, il y a une marge... Ça vaut la peine de vous donner des cours d'éducation sexuelle, vous autres!

Et elle a passé dix grosses minutes à pester contre les jeunes d'aujourd'hui.

Nous, on se tournait les pouces.

Edward, lui, a eu la honte de sa vie. Il n'a même pas cherché à faire passer ça pour une blague.

C'est assez dur pour l'ego de perdre la face devant tout le monde.

Ego, ego... Ne t'affole pas, Irène, je suis parfaitement conscient que j'abuse de ce mot-là. Que veux-tu, pour des raisons toutes personnelles, j'aime mieux parler de l'ego que du nombril...

Et le tien, ton ego, il se porte comment? Mieux que l'autre jour, j'espère...

Pour en revenir à Edward, ses nouvelles lunettes ne correspondent pas à sa personnalité. Du moins, c'est ce qu'il prétend. Il les a eues à la fin de l'automne et, depuis ce temps, tout va mal dans sa vie.

— Deux mois! Ça fait deux mois que ce qui me tombe dessus, c'est de la petite merde mouillée...

— Le printemps approche. Elle va peut-être servir d'engrais, la petite merde... La concierge de mon immeuble est spécialiste des phrases de ce genre-là. Elle vient de la campagne et elle a l'impression que ça réconforte les gens de...

— Même toi!

— Quoi?

— Tu vois bien...

— De grâce, aboutis!

— Même toi, Alex, tu ne veux pas faire l'effort de me comprendre.

— Te comprendre?

Où il est rendu, son humour, là?

Le comprendre...

C'est inouï: il faudrait que je tienne compte des états de X, de Y et de Z. Et qui se soucie des miens, qui se soucie de mes états d'âme à moi?

Angela, oui.

Toi aussi, Irène, bien sûr, puisque tu poursuis cette correspondance avec moi.

Il n'y a pas foule aux tourniquets, je t'assure...

Ah! j'oubliais papa qui, depuis qu'il est malade, semble un peu plus attentif à ce qui m'arrive.

En passant, ses progrès sont tellement rapides que les médecins n'en reviennent pas. Il a, selon eux, une détermination exceptionnelle.

On est tout à fait raccommodés, Angela et moi.

Je ne te cache pas que j'ai été obligé de céder un bout de terrain. Et elle en a fait autant de son côté.

Céder du terrain, ce n'est pas si humiliant, en définitive.

Pas de quoi en faire une montagne...

Alex

21 janvier

Une bonne femme en manteau de fourrure d'allure chenille à poil me tape très gentiment sur l'épaule.

— Vous ne me feriez pas une petite place? Les longues files me donnent le vertige. Et il y a mes varices qui...

— Ne vous gênez surtout pas, madame. Mettez-vous là.

Le vertige? Les varices? C'est la vérité vraie, ça?

En tout cas, le truc va avoir marché avec moi. Et elle pourra s'en vanter auprès de ses amies.

Je laisse donc passer ma quémandeuse, même si ça risque de provoquer derrière moi quelques remous.

Par chance, personne ne rouspète.

Le contexte où se déroule notre action,

comme dit Rivard dans les exercices de français, c'est la pharmacie du quartier. En fin d'après-midi, on est une demi-douzaine de personnes postées en face du guichet à attendre de confier nos ordonnances à la matrone en sarrau blanc.

Je me suis réveillé ce matin avec l'allure d'un chat de ruelle, les yeux collés de pus.

Comme au mois d'octobre, figure-toi.

J'ai encore été obligé d'aller consulter le médecin pour me faire prescrire des gouttes.

Marc, que j'ai croisé par hasard dans le grand couloir de la clinique, m'a affirmé que c'était psychologique, mon infection.

Selon lui, ça vient de la tension que j'ai connue ces derniers temps.

J'ignore s'il faisait allusion au tournoi d'échecs ou à l'opération de papa... Autrement dit, je ne sais pas s'il se payait ma tête ou si, au contraire, il m'accordait un peu de compassion.

Embêtant, ça!

On a avancé d'à peine trois pas. S'est ajoutée à la file une superbe fille noire qui n'est pas de mon école, mais que je pense avoir vue une fois en allant chercher Angela à son cours de ballet.

Je suppose que c'est une des profs de danse. Je n'en suis pas absolument sûr.

Là, machinalement, le regard dans le vague, sans doute pour faire quelque chose de ses dix doigts, elle tripote les boîtes de condoms. Quand elle s'en aperçoit, elle rougit et elle éclate d'un fou rire très aigu. Moi aussi, je pouffe — comme tu peux l'imaginer...

La fille montre un bout de langue rose. Elle s'évente avec son ordonnance. Pendant quinze-vingt secondes, elle et moi, on décroche carrément du réel.

Devant moi, la chenille à poil s'examine sur toutes les coutures, persuadée que c'est d'elle qu'on se moque.

Eh oui! Irène, j'ai toujours un bobo quelque part. Angela, elle, n'a jamais rien, à peine quelques courbatures après avoir dansé trois heures de suite.

Elle m'a raconté qu'elle a eu ses premières menstruations précisément le jour de son onzième anniversaire, tandis qu'on lui donnait la bascule au fond de la cour de récréation.

Pourquoi je te parle de ça, moi?!

J'ai réussi à quitter la pharmacie et on s'est retrouvés à la piscine en compagnie d'Agnès et d'Hervé.

Tant pis pour mon infection!

Hervé n'a pas été trop fendant avec moi. En somme, ça lui a fait du bien de descendre au huitième rang des marqueurs. Ça l'a presque rendu humain.

Ruisselante, le maillot collé à la peau, Angela est magnifique.

Avec son petit deux-pièces à pois, Agnès peut aller se rhabiller, c'est le cas de le dire.

En sortant, le froid est tellement vif que j'ai tout de suite les larmes aux yeux et qu'elles gèlent au bord des cils. Ce doit être l'effet des gouttes. Les autres sont un peu alarmés. Quoi? Se tracasseraient-ils à mon sujet?

Hervé est capable de siffler très fort en se mettant dans la bouche l'index et le majeur. Il me montre le truc. J'essaie, mais ça ne fonctionne pas. Je ne suis pas doué. J'arrête parce que je sens comme des picotements dans mon nez et que je n'ai pas envie qu'il se remette à saigner. Angela, elle, réussit du premier coup.

On termine la soirée chez Agnès à écouter de la musique.

Elle est en adoration devant un groupe

hard rock parisien que tu dois connaître et qui s'appelle les L·é·s·i·o·n·s c·o·r·p·o·r·e·l·l·e·s.

C'est écrit en lettres de sang qui dégoulinent sur la pochette noire, au-dessus d'une photo représentant des poubelles pleines de guitares éventrées.

Une des chansons de l'album s'intitule *Défense de se masturber dans les w.-c.*

Tu vois un peu le style?

Moi, ça me laisse de glace. Hervé aussi. Mais les filles prétendent que c'est génial.

Le groupe est censé faire une tournée au Québec d'ici quelques mois. Je m'arrangerai alors pour être ailleurs. Par exemple, à Tananarive...

Ou à Ouagadougou.

Alex

P.-S. À propos de w.-c., dans les toilettes de l'école, parmi les graffiti obscènes, il y a maintenant des graffiti religieux. Ça fait plutôt bizarre.

22 janvier

Chère Irène,

Mon infection est guérie.

Il n'a suffi que d'une journée.

Bien entendu, je continue à me mettre les gouttes — qui me font pleurer comme un crocodile dès que je pointe le nez dehors...

Il paraît qu'en Europe vous avez eu une vague de froid, vous aussi? Dire que, pendant ce temps-là, les scientifiques annoncent que le globe est en train de se réchauffer de manière irréversible.

Va donc comprendre quelque chose aux calorifères de la planète, toi!

Edward m'en veut.

Il m'en veut de l'avoir vu déprimé à la suite de l'affaire du placenta (quel méridien? quel parallèle?), il m'en veut de l'avoir écouté se lamenter sur son sort. Il m'en veut surtout d'avoir essayé de lui remonter le moral.

Avoir su, je l'aurais envoyé promener.

Va donc comprendre quelque chose à la psychologie de l'être humain, toi!

Autre grande nouvelle: ton matou a égratigné le museau du bouledogue du dessus.

Ils se sont croisés dans le hall au retour de la balade de dix-sept heures. Eusèbe l'a toisé. Mi-frissonnant, mi-perdu dans ses rêveries de chien, le bouledogue a réagi un quart de seconde trop tard. Eusèbe l'avait déjà balafré.

Je m'attendais à ce que le maître pique une sainte colère contre moi. Pas du tout. Son Prince couinait à fendre l'âme et il lui a flanqué un coup de pied.

— *Shut up! Shut up! Shame on you! Sha-a-a-ame on you!*

D'après moi, les leçons d'anglais ne marchent pas trop fort.

Eusèbe, lui, contemplait la scène de son air le plus dédaigneux.

J'ai mangé rapidement pour ne pas que Micheline se morfonde devant la télévision à m'attendre. Je ne lui ai même pas offert de café.

Dans l'ascenseur, c'est avec la paume de la main que j'ai appuyé sur le bouton du troisième étage.

— Tu as des gestes décidés! m'a fait remarquer ma tante.

Raoul, le compagnon de chambre de papa, est entrepreneur de construction. Ils ont été opérés le même jour. On les a coupés à la scie, on leur a écarté les côtes, etc.

Ç'a dû leur faire très mal...

Maintenant, ils surveillent leurs progrès respectifs.

Il faut les entendre, les deux gaillards, se féliciter pour le pipi qu'ils ont fait après la sieste ou pour l'assiette de poulet à l'ananas qu'ils ont vidée au repas.

— C'est beau, Raoul, c'est beau! Demain, tu auras encore meilleur appétit.

Je crois que l'hôpital rend l'homme semblable aux bulletins de la météo.

Et c'est parfait ainsi.

Papa tient une espèce d'oreiller serré contre sa poitrine.

J'ai entendu l'infirmière appeler ça un bébé.

Un bébé? Pourquoi pas?

Ça lui a fait mal, oui, cette opération. D'un autre côté, ça lui a fait du bien. Il l'admet lui-même.

— Je me suis aperçu que j'avais encore un coeur.

L'infirmière est entrée avec un plateau, une chanson sur les lèvres. Papa et Raoul ont pris leurs médicaments en même temps, tandis que Micheline racontait la dernière scène de ménage dont elle a été témoin entre Fabienne et son innocent de Gérard.

— C'est curieux, a murmuré papa, chaque fois que j'avale une de ces pilules blanches, je me sens drôle...

— Bravo! La nation a besoin d'humoristes!

Ma réplique est venue comme ça.

Je ne l'ai pas sentie venir.

Papa s'est esclaffé, mais tout de suite il a fait comme si la bouffée d'air était restée coincée dans sa gorge. Il a grimacé, s'est cramponné à son oreiller...

Raoul a froncé les sourcils.

Moi, j'ai regardé pensivement les lacets de mes chaussures.

— Excuse-moi, je...

— Non, non, Alex, ne sois pas désolé. Il faut vite que je réapprenne à rire. On ne m'a pas enlevé la rate, que je sache...

Aurait-on pu imaginer il y a un mois une réplique pareille dans la bouche de papa...?

Alex

24 janvier

Branle-bas hier au cours de français.

J'ai provoqué le prof, à ce qu'il paraît...

Si tu permets, Irène, je vais sauter les préliminaires. Toujours est-il que Rivard parlait de Robert Sheckley — qui est l'auteur de science-fiction que je préfère. En gros, il accusait Sheckley d'écrire des livres légers.

Tu me connais assez pour savoir que je ne pouvais tout simplement pas laisser passer une affirmation pareille.

— Légers? C'est tant mieux, monsieur, s'ils sont légers. Moi qui lis couché, les bras tendus, j'aime bien les livres légers. Ils me fatiguent moins les muscles. Les livres lourds, je risque de les recevoir en pleine face au bout de dix-quinze minutes...

— C'est de l'humour facile, ça, indigne

103

de toi.

Rivard avait raison, remarque. Je l'aurais reconnu volontiers. Mais, comme la classe s'était payé sa tête, il a résolu de se venger. Et il s'est mis à m'asticoter.

— Serais-tu par hasard affligé de...? Comment dire? Aurais-tu un penchant pour l'esprit de bottine, Alex?

— Non, monsieur. Question suivante?

Là, il est devenu vert.

J'ai jeté un coup d'oeil à Edward qui retenait son souffle.

Mauvais, ça, très mauvais...

— Tu as perdu le sens des limites. Je tolère l'arrogance chez quelqu'un qui est intelligent. Je tolère la bêtise chez quelqu'un qui est humble. Toi, tu es à la fois bête et prétentieux.

— Je...

— Laisse-moi finir. Tu te prends pour le nombril du monde. C'est ça, ton problème. Un nombril, tu es un nombril, Alex. Et un nombril qui aurait bien besoin d'être décrotté!

Sur le coup, je me suis fait la réflexion que Rivard avait décidément les mêmes sources d'inspiration que papa. Et, va savoir pourquoi, cette pensée m'a aidé à garder mon calme. Je ne me suis pas énervé, non. Je me suis contenté de prendre mon trou le plus honorablement possible.

Aujourd'hui, dès le début du cours et devant toute la classe, Rivard m'a plus ou moins fait des excuses.

— Bon, je me suis emporté contre un de vos camarades. Je le regrette. Maintenant, si vous voulez, nous allons reprendre là où nous étions rendus dans la matière.

Selon Angela, l'incident d'hier est venu aux oreilles de la directrice qui s'est fait un plaisir d'administrer à notre prof un beau gros savon domestique.

Moi, je n'en suis pas si sûr...

Puisqu'il est question de savon, inutile de te dire que ce matin, en prenant ma douche, j'ai porté une attention toute spéciale à mon nombril — qui est à présent propre, propre, propre.

Alex

26 janvier

Cette semaine, je ne verrai pas beaucoup Angela en dehors des salles de cours.

Elle a décroché un contrat de gardienne d'enfants.

Ses voisins, les Tessier, sont partis en vacances au Maroc. Elle devra s'occuper des repas et des dodos des deux jumelles qui ont sept ans et demi.

Sa mère a promis de l'aider, mais seulement si elle est mal prise.

En histoire, ç'a presque été le retour à la maternelle.

Boisvert a eu la brillante idée de nous faire dessiner des drapeaux.

Il a procédé par tirage au sort.

J'aurais pu tomber sur un pays comme l'Italie, la France, le Pérou, l'Argentine ou, encore mieux, la Libye... Eh non! avec ma chance habituelle, j'ai attrapé les États-Unis. Une étoile, deux étoiles, trois étoiles, quatre étoiles, cinq étoiles, six étoiles, etc.

Edward, lui, a hérité du Japon.

Évidemment, il avait terminé au bout de quelques minutes. Il est venu me regarder travailler et on en a profité pour se réconcilier.

— Il faut me pardonner, Alex. Ces temps-ci, je déteste le monde. Et, d'ailleurs, le monde me le rend bien.

J'ai souri. C'est une jolie phrase. Je me demande si elle est de lui.

On s'est serré la main.

C'est à ce moment-là que Marc m'a attrapé par la manche. Sa soeur aînée, qui fréquente une autre école que la nôtre, lui a demandé s'il pouvait faire une recherche pour elle sur un peintre hollandais.

— Van Umbridimaunden. Moi, je n'ai pas le temps. Tu es bon là-dedans, toi...

— Van quoi? Écris-moi ça sur un bout de papier.

Il paraît que je suis parti tellement vite que ni Marc ni Edward n'ont eu le temps de me dire qu'il s'agissait d'un canular.

J'ai fouillé dans le fichier, je suis allé vérifier sur les rayons... Comme je ne trouvais rien, j'ai fini par consulter la bibliothécaire.

J'ai eu l'air ridicule, mais c'était trop bien manigancé pour que j'en veuille à Edward ou à Marc.

Aurais-tu deviné, toi?

Van Umbridimaunden.

Autrement dit: «Va, nombril du monde!»

Ed se tapait sur les cuisses. J'ai beau ne pas être très sensible aux calembours, j'ai ri aussi.

Mon Dieu! si je ne vaux pas une taquinerie...

J'ai pris le métro pour rentrer, ce que je fais rarement parce que ça m'occasionne un détour.

J'ai somnolé sur mon siège une partie du trajet et, sans doute pour compenser le gâchis de Fabienne sur mon chandail Vinci, j'ai rêvé à la Joconde.

Je me suis réveillé en sursaut. Je me suis levé pour céder ma place à un bonhomme appuyé sur des béquilles de métal et, péniblement, je me suis frayé un chemin jusqu'aux portes. C'est là que j'ai reçu un coup de sac dans les testicules.

Je ne te mens pas, ma vieille, je suis resté plié en deux une minute de temps.

Le métro est plein de barzouins qui se promènent avec d'énormes poches sur le dos. Ils accrochent les passagers, éborgnent les enfants, éventrent les femmes enceintes — et tout ça sans même s'en apercevoir. J'exagère? Tu admettras qu'il y a de quoi perdre son sang-froid.

Quand on expose un point de vue avec l'intention de convaincre, on doit s'appliquer.

Ne pas battre des cils, ne pas se trémousser pour rien, etc.

Il faut se servir de sa voix sérieuse, celle qu'on prend pour appeler au restaurant et commander une pizza les soirs où on a très faim et où on n'a pas du tout envie que la réceptionniste s'imagine que c'est une blague.

Tout à l'heure, alors que je parlais au téléphone avec Angela, je m'observais dans le miroir, le combiné à la main, la tête en bas, faisant des mines, tripotant le fil de l'appareil...

L'autre Alex, celui que je voyais gesticuler, me tapait sur les nerfs au suprême degré. S'il avait commandé une pizza, celui-là, elle ne lui aurait certainement pas été livrée chaude.

J'aurais pourtant eu intérêt à être persuasif, mais on dirait que je n'ai aucune aptitude pour ça.

Pour tout t'avouer, j'aurais aimé qu'Angela, une fois son contrat rempli avec les Tessier, vienne coucher ici une nuit ou deux. Par exemple, pendant le séjour de papa à la maison de convalescence. Mais je me suis entortillé dans ma demande.

Je te garantis, Irène, que j'aurais mieux fait d'aller droit au but.

Je multiplie les gaffes et on croirait, ma foi, que je prends du plaisir à jouer ce jeu-là.

Alex

28 janvier

D'après moi, il y a eu une réunion où les professeurs se sont entendus sur le nombre de sourires à faire en moyenne en une heure de cours. Les bêtas se forcent, les enjoués se modèrent. C'est quoi, le gag?

Ils veulent tous être estimés également?

Comme si c'était possible, comme si c'était souhaitable!

Chacun son tempérament, il me semble...

J'avais les paupières sèches et je m'apprêtais à sortir mes gouttes. Là, sous prétexte de nous expliquer comment l'oie se déplace au milieu de la basse-cour, la prof d'anglais a mimé la démarche de la directrice de l'école.

Elle était absolument déchaînée.

À présent, je suis certain qu'elle a des

comptes à régler avec l'administration. Elle m'a tellement fait rire que je n'ai pas eu besoin des gouttes, économie que j'apprécie même si ce sont les assurances de papa qui payent mes médicaments.

Après le cours, j'ai tenu à aller lui dire combien j'étais heureux de la retrouver en aussi bonne forme.

Elle a ramassé ses cahiers. Elle n'a pas levé les yeux.

— Vois-tu, Alex, être prof, c'est comme être médecin. Ça exige la même sorte de dévouement. La grosse différence, c'est que mes patients à moi n'ont pas le bon goût de trépasser. Pourtant, ça allégcrait drôlement ma tâche.

— Je reconnais votre... Euh!... Je reconnais ton humour. Tu es vraiment une prof formidable!

Elle a rougi.

Et elle est restée paralysée pendant trois longues secondes. Puis elle a déguerpi sans même emporter ses cahiers.

J'ai cru que je l'avais insultée.

Plus tard, j'ai raconté l'incident aux autres.

— Encore une qui nous couve une dépression! s'est exclamé Edward.

En fait, il pourrait bien avoir raison.

Mes tantes s'amusent à me picosser plus ou moins gentiment parce que, ces dernières semaines, elles m'ont souvent vu en compagnie d'Angela.

Elles se comportent comme si, à mon âge, l'amour était une expérience niaiseuse, mais inévitable.

Qu'est-ce qui leur prend, à ces deux-là!?

Micheline s'est inscrite en cachette à un club de rencontres et elle se figure que personne n'est au courant. Quant à Fabienne, si elle s'offre le luxe de coucher avec son Gérard quatre fois par année, j'ai l'impression que c'est le gros maximum.

À leur place, je mettrais la pédale douce sur les moqueries...

Je termine par une petite anecdote.

J'étais dans la file d'attente à la banque et j'ai été pris du hoquet.

Hic!

Le garde s'est avancé, sourcils froncés. Manifestement, il cherchait l'origine du bruit.

Hic!

À mesure qu'il approchait, mon pouls s'accélérait, ma bouche se remplissait de salive. Je l'ai avalée. Miracle! mon hoquet a disparu aussitôt.

— Merci de m'avoir fait peur, que j'ai dit au garde quand il est arrivé à ma hauteur.

Il s'est comporté comme si de rien n'était. Je me suis même demandé s'il m'avait entendu lui parler.

Après la banque, je suis rentré directement ici. J'ai pris le courrier en bas. Toujours pas de lettre de toi. Tu te négliges.

Tu me négliges aussi.

Es-tu débordée à ce point-là?

Alex

2 février

L'hypothèse d'Edward est en train de se vérifier: ça fait deux jours que la prof d'anglais est absente.

Gaston Boisvert l'a remplacée pour surveiller l'étude. Plutôt que de nous laisser lire en paix, il a tenu à nous faire un discours sur les dangers de l'informatique.

Le plus triste là-dedans, c'est que les coudes sur les pupitres, le nez en l'air et le cérumen coulant de leurs oreilles, la plupart des élèves l'approuvaient.

Bande de tartes! Pour que la classe applaudisse, il suffit de sortir n'importe quelle sottise sur le ton de la phrase historique.

Boisvert connaît le truc, tu peux me croire!

Heureusement, je me suis souvenu d'un conseil venant de toi. C'était un peu avant mon entrée au pensionnat. Au lieu de gueuler: «Tu as menti, bouffi!», tu m'avais recommandé d'agir avec diplomatie, et de dire, par exemple: «Plusieurs théories circulent à ce propos-là...»

Même si l'envie me démangeait d'apostropher Boisvert, je me suis fermé la trappe.

Comme par hasard, il y avait un article là-dessus dans *La presse* d'aujourd'hui.

Ceux qui ont peur de voir l'intelligence artificielle se substituer à la bonne vieille jugeote ne pensent pas plus loin que le bout de... Sans compter que, pour Boisvert et ses semblables, si les ordinateurs prennent un jour toute la place, ce sera une vraie bénédiction. Ça leur permettra d'économiser le peu de cervelle qu'ils ont!

Alex

P.-S. Avoir un gros ego, il n'y a rien de défendu là-dedans. Il faut juste être assez fin pour ne pas le faire déborder. C'est quand l'ego se répand sur les autres qu'il risque d'écoeurer pas mal.

Je vais essayer de m'expliquer un peu mieux.

J'avais dix ans quand la ville a refait les

trottoirs de mon quartier. J'en ai alors profité pour laisser l'empreinte de mon pied dans le ciment encore humide. Tu étais avec moi, Irène, souviens-toi... Tu m'avais même acheté un sac de noix pour les écureuils.

Eh bien! comme je ne déteste pas, de temps en temps, me prendre pour un personnage de Giono, je suis repassé par là tout à l'heure.

Et poser mon pied sur l'empreinte laissée il y a cinq ans m'a rempli de fierté.

J'ignore pourquoi au juste. Ce doit être de constater que j'ai grandi, que je suis toujours en forme, etc. L'espace d'une trentaine de secondes, si j'avais été branché sur un appareil à mesurer l'ego, j'ai l'impression que j'aurais fait sauter l'aiguille. Mais, comme j'étais tout seul, ça n'a dérangé personne et ça m'a fait, à moi, le plus grand bien.

Quand je vois agir mes tantes ou mes professeurs, je ne suis pas convaincu que les adultes se permettent beaucoup de choses dans ce style-là.

Dommage pour eux.

Et pour toi, Irène, c'est comment?

Ça t'arrive aussi de tout laisser tomber pendant une minute ou deux pour sentir bien fort la satisfaction d'être en vie?

Oui, oui, ça doit t'arriver... Je te connais, ma grande!

P.-P.-S. Papa vient d'appeler. Il va avoir son congé après-demain.

Il te transmet ses salutations, salutations auxquelles Eusèbe joint les siennes, ronronnantes à souhait...

3 février

Chère Irène,

Quand j'étais plus jeune, je rêvais que Claire, la mère d'Edward, entreprenait des démarches pour m'adopter légalement.

Idiot, hein?

Il faut croire que je ne méritais pas d'avoir une mère pareille. Ed non plus d'ailleurs. N'empêche que c'est la sienne et que je suis jaloux de lui.

Il l'appelle la veuve. Ça la fait sourire.

Il y a beaucoup de complicité entre elle et lui.

Angela, elle, en a encore pour un peu plus d'une journée à s'occuper des jumelles Tessier.

Hier, je suis passé par là pour leur faire admirer Eusèbe dans toute sa splendeur.

Elles ont poussé des oh! et des ah!

Mais, au bout de cinq minutes, une des deux s'est mise à taper sur le crâne d'Angela avec une poupée de chiffon.

— Qu'est-ce que tu fais?

— J'essaie de tasser ce que tu as dans la tête. Ne bouge pas, ne bouge pas.

— Mais je...

— C'est rien que pour faire de la place.

— Et penses-tu que le trop-plein va me sortir par les oreilles?

— Le quoi?

Pour les tranquilliser, je leur ai conté l'histoire de l'ogre qui fredonnait des berceuses en tournant la poignée de son grand hachoir à viande.

Les petites me fixaient, les yeux tout ronds.

La gardienne aussi.

Elle m'en a voulu. Il paraît que les fillettes n'ont réussi à s'endormir que passé minuit.

Pour en revenir à Edward, on était tout à l'heure dans son salon, Hervé et moi.

En fait, Hervé est arrivé après sa partie de hockey. Son club a gagné cinq à deux. Et lui-même a amélioré de trois points son classement au tableau des marqueurs. Un but, deux passes.

Bref, tous les trois, on attendait que Claire aille se coucher pour regarder le film cochon à la télé. Sauf qu'elle s'attardait, la Claire, et que nous, on manquait les meilleures scènes de déshabillage... Finalement, quand on a pu changer de chaîne, les deux strip-teaseuses venaient d'avoir un grave accident d'auto et elles étaient plâtrées jusqu'au cou.

Des momies!

Je suis à peu près sûr que la mère d'Edward a fait exprès...

Hervé nous a parlé des cinémas pornos de son quartier. D'après lui, il y en a un dans lequel on peut s'introduire facilement par la sortie de secours. Et il nous jure que le personnel ne surveille jamais cette sortie.

Je fais celui que de semblables équipées n'attirent pas outre mesure.

— Hypocrite! s'écrie Edward.

Alex

4 février

Les tantes ont recruté l'innocent de Gérard pour conduire papa de l'hôpital au centre de convalescence — qui se trouve tout à fait au nord de la ville.

Angela et moi, on a tenu à l'accompagner.

En cours de route, la conversation a porté sur les Tessier qui sont revenus de vacances couverts de petits boutons.

Intoxication alimentaire.

Arrivé à destination, papa avait l'air crevé. Je lui ai donné une petite tape dans le dos.

— Chacun son tour de vivre les joies d'être pensionnaire!

Il n'a pas bronché.

M'a-t-il seulement entendu?

Je n'ai pas insisté.

Pour ne rien te cacher, j'avais autre chose en tête.

Je pensais avoir convaincu Angela de
venir coucher à la maison après notre ex-
pédition chez les convalescents.

Elle s'est ravisée.

Elle m'a dit de ne pas le prendre mal,
qu'il fallait qu'elle prépare ses parents à
ça, que ce n'était pas comme de venir chez
moi après l'école, etc.

Ah! la belle entourloupette...

Alex

P.-S. Comment ça, ma pudeur?

Oui, je fais référence à la carte que je
viens de recevoir de toi.

Est-ce que je te demande, moi, si ton
Allemand est d'accord avec le fait que tu
continues de prendre la pilule?

Des fois, ta curiosité me paraît franchement déplacée.

Il y a des choses qui ne te regardent pas.
Tu me fais penser à mon titulaire de l'an
dernier qui n'était content que si les élèves
lui déballaient tout ce qui touchait à la
sexualité.

Tu me trouves encore plus secret que les

gars de ton âge?

Eh bien! si c'est le cas, Irène, je m'en flatte...

5 février

D'abord, Irène, toutes mes excuses pour ma colère d'hier.

Manifestement, j'ai passé ma frustration sur toi.

Et j'en suis désolé.

Quand je suis remonté ici après t'avoir posté ma lettre, j'ai eu un doute. J'avais gardé mon brouillon et je me suis relu. Là, j'ai eu honte, mais c'était un peu tard...

Excuse-moi aussi auprès de Peter.

Cela étant dit, même si mon Italienne... (Tu vois, quand je dis «ton Allemand», ce n'est pas si moqueur que ça.) Donc, même si mon Italienne n'avait pas changé d'idée, même si elle était restée à l'appartement avec moi, je suis loin d'être certain que j'aurais eu envie de te raconter ça en long et en large dans une de mes lettres.

Préserver mon intimité me paraît en ce moment la chose la plus importante qui soit...

Bon, je n'insiste pas.

À l'école, c'est confirmé, la prof d'anglais est en congé de maladie. Elle ne reviendra probablement pas avant un mois.

On a rencontré aujourd'hui son remplaçant, un petit gros dans la vingtaine, qui a commencé par nous déclarer avec des trémolos dans la voix qu'aucun élève ne lui monterait sur le dos. «Ce n'est pas notre intention, monsieur!» Je l'ai pensé, mais j'ai gardé ça pour moi.

Je ne suis quand même pas complètement fêlé!

Visite au centre.

On n'est pas aussitôt assis qu'un infirmier vient déposer sur la table un plateau de biscuits aux amandes, trois tasses sans anse et une théière fumante.

La grande vie, quoi!

Papa nous explique que les biscuits sont un cadeau du bureau. Ils contiennent des messages comiques (je dirais plutôt: qui tentent d'être comiques), tous écrits de la main de Constance, la secrétaire. Elle s'est informée, paraît-il, de l'état de santé du cactus.

— Euh!... Mme Deslandes le soigne comme il faut, je crois...

— Tu ne portes pas la belle robe de chambre que je t'ai achetée? enchaîne Micheline, le bec pincé.

— Moi, tu sais, le jaune... De toute façon, le personnel m'a interdit de circuler dans les couloirs avec cette robe de chambre sur le dos.

— Quoi?

— Avant-hier, je l'ai mise pour me promener et il y a deux patients qui ont fait une rechute. Le choc a été trop violent.

— Comme c'est intelligent...!

— Blague à part, un jaune aussi vif, ça fait presque mal aux yeux. Et les rayures kaki n'arrangent rien.

Je pouffe.

Micheline essaie de se composer une mimique offensée. Au bout de quinze secondes, elle ne peut pas résister et elle pouffe, elle aussi.

Papa est très heureux ici. Il joue aux cartes. Il profite de la piscine.

Pourtant, lorsque les médecins lui ont suggéré une convalescence hors de chez lui, sa première réaction a été celle du condamné à qui le juge offre le choix entre une semaine de torture et six mois dans un camp de concentration.

(L'image est de lui, bien sûr. Il y a peut-être une idée, là, pour une publicité de vacances. Toi, la spécialiste, c'est quoi ton opinion là-dessus?)

Papa parle assez peu de la chirurgie qu'on lui a faite. Ce qui l'a impressionné le plus, je pense, ç'a été de constater après l'opération qu'il était relié à une infinité d'écrans de toutes les dimensions et de toutes les intensités possibles et imaginables. Ça, il nous l'a répété plusieurs fois.

Ces nuits-ci, il a des cauchemars d'un type particulier. Les pires horreurs lui déboulent dessus, mais tout s'arrange à une vitesse folle juste avant son réveil. Je connais. C'est une des variétés de cauchemars que je fais pendant les périodes d'examens.

— Avec les remèdes que tu prends, c'est normal d'avoir le sommeil agité, chuchote Micheline en se voulant rassurante.

Moi, je croque dans mon biscuit chinois.

Alex

8 février

Tout à l'heure, dans la cour de l'école, j'ai entendu quelqu'un siffler.

— Hé! l'épais, regarde donc où tu marches!

Je me suis retourné.

Ah! que ça m'enrage...

Veux-tu bien me dire pourquoi j'ai cru qu'on s'adressait à moi?

Le gars qui a sifflé est une des recrues du club de hockey. Un des nouveaux défenseurs. Je l'ai déjà vu en grande discussion avec Hervé.

Là, il voulait tout simplement apostropher un de ses coéquipiers qui sortait en même temps que moi.

Quand il s'est aperçu de mon erreur, il a hoché la tête comme pour me narguer. Il pèse au moins une quinzaine de kilos de plus que moi. Je ne sais pas pourquoi, mais ça m'a dissuadé de lui foncer dedans.

Rivard nous a expliqué des choses intéressantes là-dessus en commentant des textes d'écrivains surréalistes. Chaque jour, on a envie de tuer son prochain. On ne le fait pas parce qu'on a d'excellentes manières. En somme, on estime que le plaisir de se montrer civilisé est plus excitant que le plaisir d'assassiner.

Papa, lui, traverse une espèce de déprime.

Il s'est brouillé avec ses voisins d'étage à propos de bagatelles. Là, il reste seul dans son coin.

— J'ai marché dans les corridors et j'ai sillonné l'édifice... J'en ai ma claque de tout renverser sur mon passage, de me cogner les orteils contre les pattes de fauteuils...

— Comment ça, tout renverser?

— Je suis décoordonné. C'est le mot que les infirmiers utilisent.

— Décoordonné?

— Il y a des portions de mon corps où je flotte, d'autres où je me sens à l'étroit... Je suis comme notre ancien poisson rouge, celui qui avait perdu l'équilibre et qui nageait sur le côté...

Il me fait plutôt penser au lapin des dessins animés, le gros lapin jaune incapable de faire trois pas sans se marcher sur les oreilles et trébucher. C'est un personnage qui faisait partie des émissions que je regardais quand j'avais sept-huit ans.

Les médecins lui ont prescrit des médicaments pour lui rendre l'humeur égale. Depuis deux jours, papa a en effet l'humeur très égale. Morose à cent pour cent.

Un remontant ne lui nuirait certainement pas.

Micheline, elle, trouve normal que son frère ait des hauts et des bas. À son avis, on devrait plutôt se réjouir qu'il ait perdu l'agressivité qui était la sienne au mois de novembre, au mois d'octobre, au mois de septembre, au mois d'août...

Pourtant, quand j'allais lui rendre visite à l'hôpital, j'avais l'impression que ses pontages l'avaient transformé. Je te vois venir, Irène. Tu vas me dire que je lis trop de science-fiction.

En tout cas, cette expérience-là lui a au moins appris qu'il n'était pas indestructible.

— J'étais mon propre patron et je ne me permettais pas de rester longtemps les bras croisés. J'étais mon propre patron, Alex, le pire patron que j'aie jamais eu de ma vie.

Méfie-toi. Tu as hérité de mon plus gros défaut: tu abuses de tes forces...

Cet homme-là me connaît décidément très mal!

Alex

9 février

Chère Irène,

Agnès est venue me voir après le cours de maths pour me poser quelques questions sur les problèmes à remettre d'ici la semaine prochaine.

Elle a changé de parfum. Le précédent me tombait franchement sur le coeur. Je me demande comment Hervé pouvait le supporter sans être étourdi. Même avec son nez écrasé de sportif bagarreur, il devait bien en respirer un peu, non?

Tout à l'heure, à la cafétéria, je l'ai vu qui feuilletait une revue américaine.

Selon moi, il existe deux catégories de gars qui lisent les magazines de culturistes, deux catégories très différentes: première catégorie, ceux qui comme Hervé sont amateurs de muscles; deuxième catégorie, ceux qui sont amateurs de gars.

Moi, je préfère les filles. Et je considère que, pour un gars, un physique frêle et chétif n'est pas fatalement une disgrâce de la nature. Par conséquent, je n'appartiens à aucune des deux catégories que je viens de mentionner. Je serais plutôt du genre à lire des magazines culturels, tiens!

Eh oui! je suis snob.

Est-ce que ça signifie que je suis obligé de respecter l'étiquette? Non, je pourrais être snob et tirer la langue. Évidemment, à quinze ans, je ne tire plus la langue. À la place, j'exécute un tour à cent quatre-vingts degrés et je plante là ceux qui me tapent trop sur le système.

Heureusement, depuis que tout le monde a l'occasion de me voir jaser avec Hervé, il y en a moins qui refusent de m'adresser la parole sous prétexte que j'ai toujours eu de grosses notes en français.

D'ailleurs, mes résultats sont assez moyens dans deux ou trois matières... Avant, il m'arrivait de faire exprès de rater la moitié d'un exercice — juste pour éviter de passer pour une bolle. Je ne m'en vante pas, je te jure.

Quoique...

Oh! je ne te cacherai pas que l'accrochage avec Rivard, le prof de français, m'a permis de remonter dans l'estime de plusieurs des durs.

Même le défenseur recrue, celui qui hier par mégarde m'a traité d'épais, est venu me tapoter l'épaule en fin d'après-midi. Il n'est pas dans ma classe, mais certains ont dû se charger de le renseigner sur mon compte.

Il y a juste Angela qui, ces temps-ci, me regarde de travers et reste distante. Ça, j'avoue que je ne comprends pas pourquoi.

Est-ce que je suis devenu à ses yeux trop pareil aux autres gars de l'école?

Est-ce qu'au contraire elle me juge trop différent?

Pour l'instant, c'est un mystère.

Alex

20 février

Presque deux semaines sans t'écrire!

Je cherche des excuses valables et je n'en trouve pas.

Au chapitre des grandes nouvelles, papa est enfin rentré à la maison.

Crois-le ou non, à présent il réussit à s'entendre avec Eusèbe. Ce matin, le chat était installé sur la table et mangeait les céréales dans le bol de papa — qui ne s'en offusquait pas.

Au tournoi régional de scrabble, j'ai fait équipe avec Marc et on a battu toutes les autres écoles. En finale, dès le quatrième coup, j'ai placé un k·o·a·l·a qui a démoralisé nos adversaires.

On a gagné un trophée. Une horreur... Qu'importe, c'est quand même un trophée!

Pour le moment, c'est Marc qui le garde

chez lui. Le mois prochain, ce sera mon tour.

Détail assez cocasse: papa a des rages de *popsicles*. Il a commencé ça à l'hôpital et, de temps en temps, ça lui reprend. Aujourd'hui, par exemple, même si on gelait dehors, il en a mangé huit. Je le sais, j'ai compté les bâtonnets dans le cendrier du salon.

— Je t'embarrasse, je t'encombre, je t'empêche de recevoir ta blonde quand tu en as envie... Tu devais être bien, hein, quand tu étais tout seul?

— Ne t'inquiète pas pour Angela. C'est une personne autonome qui...

— J'essaie de compenser en étant moins plat qu'avant. Ça se remarque, j'espère?

— Tu compenses, papa, tu compenses... Ne te fais pas de souci pour rien.

On est allés au club vidéo. Papa tenait à louer un vieux classique d'Alfred Hitchcock, *Fenêtre sur cour*. J'ai vu James Stewart avec la jambe dans le plâtre et j'ai pensé à ton accident de ski.

T'es-tu, comme dans le film, procuré des jumelles pour espionner tes voisins?

Telle que je te connais, tu as dû plutôt te la couler douce avec le cher Peter. Tu ne m'as presque pas écrit pendant cette période-là...

Sérieusement, boites-tu encore? Hervé prétend que des ligaments déchirés, c'est souvent plus grave qu'une fracture. Si je me suis moqué de toi, je veux en tout cas que tu saches que je le regrette.

Papa se lève pour aller aux toilettes. J'en profite pour faire reculer la bande du film.

À son retour, il jette un coup d'oeil à l'écran, fronce les sourcils, se dit qu'il a déjà entendu Grace Kelly prononcer cette réplique-là, réfléchit trois secondes, se gratte derrière l'oreille. Il marmonne quelque chose dont je ne saisis pas le sens. Non, il n'est plus si sûr... Finalement, il se rassoit comme si de rien n'était.

Eusèbe l'observe, intrigué.

Moi, je ne bronche pas d'un poil.

Comme, depuis l'anesthésie, papa a de légères pertes de mémoire, tu m'accuseras peut-être de me livrer à un jeu cruel.

Je serais en effet bien embêté de devoir justifier ma conduite. Le jeu n'est pas si inoffensif que ça, je suis d'accord avec toi... Sauf que, pour des raisons obscures (au fond, pas si obscures que ça quand on y songe), ça m'apaise de constater que papa s'embrouille dans ses souvenirs.

Alex

P.-S. Je voyage davantage en métro. En distance, c'est un peu plus long. En temps, j'ai calculé, je gagne en moyenne huit minutes cinquante-cinq secondes. À raison de deux fois par jour, cinq jours par semaine, ça fait presque une économie d'une heure et demie, soit la durée d'un long métrage normal, sans annonce ni rien.

Et c'est amusant d'observer les passagers qui cessent d'avoir l'air bêta et qui se mettent à sourire dès qu'ils voient un bébé dans leur wagon. Guili-guili, guili-guili...

À propos, quand on a envie de dévisager les gens et de se faire son propre cinéma, on peut très bien se servir des vitres du métro. Elles reflètent comme des miroirs. Et elles permettent tous les jeux de regards imaginables.

Tu essaieras ça dans un autobus, toi... Oh! j'oubliais que j'avais affaire à une habituée du métro parisien. C'est là que tu as rencontré Peter, si je ne me trompe?

Drôlement plus palpitant qu'ici, ça!

22 février

J'ai eu un commencement de discussion avec Angela.

Je dis un commencement parce que, de but en blanc, elle m'a déclaré qu'elle voulait qu'on reste amis mais que, d'après elle, je prenais notre relation trop au sérieux.

Notre relation.

C'est l'expression qu'elle a employée. Ma foi, elle doit avoir déniché ça dans une brochure sur les MTS.

Notre relation...

— Je néglige trop mes cours de danse. On a un spectacle qui s'en vient et je ne suis pas prête.

J'ai haussé les épaules.

C'est bizarre: l'entendre me dire ça ne m'a pas donné un grand coup au plexus solaire; je n'ai même pas eu un petit pincement au coeur. Peut-être que je m'y attendais un peu et qu'inconsciemment je souhaitais que les choses tournent comme ça...

Au moins, elle a eu la délicatesse de laisser passer la Saint-Valentin...

Edward a paru soulagé quand je lui ai raconté que c'était fini entre Angela et moi.

— Ce n'était pas une fille pour toi, Alex, ça sautait aux yeux! Trop girouette, trop...

— Ah oui?

Pour moi, ce n'est pas si évident, mais bon! si tout le monde le dit...

Alex

23 février

Au moment où mes amours à moi étaient en train de se déglinguer, Micheline, elle, par l'entremise de son club de rencontres, faisait la connaissance d'un divorcé.

Début cinquantaine, mince, chic, fringant, fumant la pipe... Bernard Cousineau. Profession: vétérinaire.

Si Eusèbe attrape les oreillons, on saura qui aller consulter. L'ennui, c'est que Cousineau s'occupe surtout des chevaux de course... Bah! si le voisin du dessus est capable d'enseigner l'anglais à son chien, je dois pouvoir montrer à Eusèbe comment pousser deux ou trois hennissements bien sentis.

Et les tiennes?

Ah! tu te demandes de quoi je...

Et tes amours, Irène, toujours au beau

fixe? Corrige-moi si je me trompe, mais ça devait faire dix ans que ça ne t'était pas arrivé, hein? Je parle d'amours qui durent, là... Des fois, tu dois te mordre la main pour vérifier si tu ne rêves pas?

Je suis obligé d'admettre que Micheline et son divorcé forment un joli couple. Je ne sais pas si elle lui serre la nuque quand elle l'embrasse. Il faudrait que je les observe un peu mieux. Micheline et ses doigts de Dracula...

Papa trouve ça drôle, sa soeur avec un vétérinaire. Incidemment, lui non plus n'a pas été étonné d'apprendre que c'était fini entre Angela et moi.

Je devais avoir les yeux bouchés. À moins que ce ne soit le comportement normal des mâles en pareilles situations...

Les gars, on n'a pas envie d'écouter des confidences tristes, c'est connu, ça. Par conséquent, on se dépêche de dire que le flop (la rupture, si tu préfères) était inévitable et on passe vite à un autre sujet. En tout cas, c'est le sentiment que j'ai eu avec Edward et papa.

Papa continue de faire ses longues promenades.

Il reprend du poil de la bête. Sans jeu de

mots, non...

Sa jambe qui tiraille (celle où on a pris les bouts de veines) l'incommode plus que sa poitrine ressoudée, je crois. Il redécouvre le quartier. Je l'entendais hier au téléphone avec Fabienne.

— Je vais beaucoup mieux, merci. Quand je me promène et qu'il y a quelque chose qui frappe ma curiosité, j'ai assez d'énergie pour revenir examiner ce quelque chose-là de plus près. Je ne compte plus mes pas: tout un progrès!

Comme tu me le fais remarquer dans ta lettre, je suis maintenant réconcilié avec lui. Oh! je n'irai pas jusqu'à souhaiter que tous les pères qui ne s'accordent pas avec leurs enfants fassent une crise cardiaque et en réchappent...

Alex

P.-S. Extrait d'une conversation avec papa. Ça te concerne, tu vas voir pourquoi.

— Toi, Alex, la pauvreté, tu ne sais pas ce que c'est. Tu le sais dans ta tête, mais tu n'en as aucune expérience concrète. Tu as assez d'argent de poche pour inviter quand ça te chante tes blondes au cinéma, au restaurant...

— Je...

— Laisse-moi continuer. Chez nous, à la campagne, on n'était pas riches. Pas pauvres non plus, d'ailleurs... La famille de ta mère était plus à l'aise. Irène, par exemple, n'a jamais manqué de rien. C'est une enfant gâtée, Irène. Hum! si elle m'entendait... Lui écris-tu toujours?

Quand je te disais qu'il y avait des morceaux de sa mémoire qui avaient foutu le camp!

24 février

Au test oral du cours d'anglais, Edward a raconté la fois où il s'est soûlé à mort chez un de ses oncles.

Il a négligé de préciser que c'était après l'enterrement de son père, pendant le repas qui a suivi. Ça n'aurait pas été tellement dans le ton — mais on est quelques-uns en classe à connaître le véritable contexte de l'incident.

Ed s'est mis à décrire la chambre avec l'immense plafond de miroirs où ses tantes l'avaient couché. Il a énuméré les impressions qui se bousculaient dans sa tête tandis qu'il se voyait double, triple, quadruple. Et son exposé est devenu un véritable numéro comique. Même le remplaçant de la prof a été obligé de se décramper.

Quel extraordinaire talent pour le monologue il a, mon ami Edward! Et quel formidable esprit d'à-propos!

Seulement, il ne faut pas le lui dire.

Il trouve, lui, qu'il n'a le sens de la repartie que s'il rivalise avec des gens qui fonctionnent au ralenti. Le pire, Irène, c'est qu'il est sincère quand il se plaint comme ça. Ce n'est pas de la fausse modestie...

Angela m'attendait à la porte de la salle où il y a les cases.

Elle a changé de coiffure.

Dans dix ans, elle va être comme ces filles de vingt-cinq ans qu'on réussit à peine à différencier les unes des autres parce que toutes suivent aveuglément la mode. Peut-être que je la rencontrerai dans la rue et que j'aurai du mal à la reconnaître...

Est-ce si urgent de se couler dans le même moule que tout le monde? Oh! là, j'arrête, sinon je vais devenir méchant.

— Tu boudes, Alex. Je ne veux pas te vexer, mais je pensais que tu aurais une réaction plus adulte que ça.

— Tu te trompes, je...

— Tu ne boudes pas?

— Non!

J'ai sorti mon non le plus catégorique. L'ennui, c'est que j'ai eu une demi-seconde d'hésitation qui m'a fait rater mon effet.

C'est sa faute. Elle est en train de bousiller tout ce qu'il y a eu d'intéressant entre nous.

Je ne boude pas. J'ai mon orgueil. D'ailleurs, il n'y a pas de quoi en faire un plat.

Depuis le tournoi de scrabble, j'ai revu une des participantes, une fille un peu timide qui fréquente une école de Rosemont. Je n'arrive jamais à me souvenir du nom de l'école...

Sa façon de jouer m'avait impressionné. Même en tirant de mauvaises lettres, elle réussissait à former toutes sortes de petits mots rares.

Mais elle, je me souviens de son nom. Elle s'appelle Annie et ses parents sont d'origine vietnamienne. Ne crains rien, Irène, s'il y a quelque chose qui se développe de ce côté, je te tiendrai au courant.

Alex

27 février

Je te préviens tout de suite, j'en ai assez long à écrire.

Hier, papa et moi, on est allés dans les Laurentides. Pas pour faire du ski, non, plutôt en pèlerinage. Drôle de mot, hein? Attends que je t'explique.

D'abord, il faut que tu saches qu'en prenant le volant, papa a désobéi à son médecin.

Sauf que, si on est venu au monde avec une tête de mule, on ne la perd pas par enchantement...

Selon papa, l'interdiction de conduire n'a aucun rapport avec le ralentissement des réflexes dû aux médicaments. Ni avec les risques de stress en pleine circulation d'heure de pointe...

— C'est juste qu'en cas de collision, ce

n'est pas garanti que ma poitrine encaisserait le choc. Je boucle ma ceinture, le tour est joué!

C'est lui qui le dit. Moi, je prends ça avec un gros grain de sel.

— Renseigne-toi donc sur la possibilité d'obtenir ton permis. Quinze ans: il est peut-être temps que je te paye des leçons de conduite.

Ça, il l'a ajouté trente secondes après. Oh! il n'aura pas besoin de me le répéter deux fois. Dès lundi, j'appelle à la Régie de l'assurance auto pour me renseigner.

Puis on a fait des blagues à propos de Fabienne.

Pauvre Fabienne! Elle a si peu confiance en elle...

Comme son Gérard est mieux dans ses pantoufles que partout ailleurs, elle a décidé de passer son permis.

Elle était un tel danger public que, les cours pratiques, ils l'ont obligée à les suivre escortée de deux moniteurs, un en avant, un en arrière. Et le plus fantastique, c'est que le moniteur d'en arrière devait partager la banquette avec le psychiatre qui tentait d'encourager sa patiente du mieux qu'il le pouvait...

Papa a raconté ça à sa soeur Micheline au cours d'une des visites à l'hôpital. Il paraît qu'elle l'a cru. Enfin, presque...

Pauvre Micheline! Je connais un vétérinaire qui n'est pas au bout de ses peines.

J'ai employé le mot pèlerinage (avec l'accent grave — ce qui laisserait Réjane Deslandes passablement surprise) parce que papa a voulu revoir les lieux de son enfance. L'envie lui a pris comme ça, hier matin. Je lui ai demandé s'il sentait sa mort et il s'est esclaffé.

Un quart d'heure plus tard, on filait en direction des Laurentides.

Évidemment, les lieux de son enfance ont à peu près tous disparu.

Impossible de trouver de la glace sur l'étang où, pendant les grandes vacances, papa pêchait la barbote avec son grand-père. Il est à sec, l'étang.

Et le sentier qui menait aux framboisiers sauvages est envahi par les buissons. En tout cas, c'est ce qu'il m'a semblé. On verra sans doute mieux quand la neige sera fondue.

— La pollution, ça touche aussi la zone des souvenirs. Tu pourras méditer là-dessus, Alex...

— Donc, c'est pour soigner tes crises d'amnésie qu'on a roulé jusqu'ici?

À la moue qu'il a faite, j'ai deviné que j'avais dit une niaiserie. Tant pis!

— Je veux ton bonheur, Alexandre, je veux que tu...

— Je sais, papa, je sais.

— Et je te promets qu'à partir de maintenant je vais essayer de ne pas te forcer à être heureux selon mes principes à moi.

— Tu n'as pas à...

— Qu'est-ce que je raconte? Ils valent quoi, mes principes? Pas grand-chose, puisqu'ils ont surtout servi à me rendre malheureux. La preuve? Le délabrement physique dans lequel je...

— Tu compliques tout.

— Comprends-tu quand même où je veux en venir?

Il a fait le geste de chasser une idée noire. Je lui ai touché l'épaule.

— Oui, papa, je comprends.

On est arrivés là-bas à ce moment de la journée où la lumière est d'une qualité particulière et où les balades en auto procurent le plus de plaisir. Ce moment, c'est l'expression «entre chien et loup» qui le désigne le mieux.

Ah! la joie de revenir de l'école quand ce n'est pas encore tout à fait la noirceur noire...

Dans un petit rang tout en zigzag, on a fini par s'arrêter devant un triplex nouvellement bâti et pas encore habité. C'était inscrit sur un panneau: OCCUPATION AU PRINTEMPS.

— Avant, a commencé papa, il y avait là une maison abandonnée. En passant à bicyclette à cette heure-ci, on distinguait des ombres qui bougeaient derrière les fenêtres.

— Tu avais quel âge?

— Neuf-dix ans. On était persuadés qu'il y avait quelqu'un de caché dans la maison. Un déserteur, un évadé de prison, quelqu'un comme ça... Ta tante Fabienne avait même entendu une voix crier son nom — très faiblement: «Fabienne, Fabienne, Fabienne.» Elle a toujours été impressionnable.

— J'imagine la scène!

— Cette fois-là, en rentrant, elle tremblait comme une feuille, elle saignait du nez...

J'ai pris quelques photos. D'après moi, même si la vieille maison a été démolie, l'éclairage naturel va créer une atmosphère pas mal film d'horreur.

Comme j'ai utilisé l'appareil de papa, il va falloir que j'attende qu'elles soient développées. Si elles ne sont pas trop ratées, je t'en enverrai une ou deux la semaine prochaine.

Alex

28 février

Voici, Irène, la suite de la lettre d'hier. Toutes mes excuses, mais je tombais de sommeil et les glouglous de l'humidificateur m'ont presque hypnotisé.

Est-ce que j'ai besoin de te replacer dans le contexte?

On est sur l'autoroute, de retour du pèlerinage dans les Laurentides.

Et j'attends que Montréal soit bien en vue pour demander à papa à quel moment il prévoit retourner au bureau.

— Pas avant un mois. J'ai des assurances qui me coûtent les yeux de la tête, je serais bien bête de ne pas en profiter au maximum. J'ai téléphoné à Constance: ils sont assez grands là-bas pour se débrouiller sans moi.

À la radio, c'est l'heure de cette émission

que tu écoutais parfois et où on fait tourner toutes sortes de vieilles chansons françaises.

Note que ce n'est pas si désagréable. Au contraire... Papa se met même à fredonner. Avant sa maladie, il aurait été incapable de faire ça, à plus forte raison devant moi. Il aurait jugé la musique trop simplette, les paroles trop idiotes...

D'ailleurs, c'est vrai que les paroles sont idiotes. Quelle satisfaction pourtant de voir papa dans cet état-là! Et moi aussi, je fredonne un petit bout de la mélodie...

— Sacha Distel. Amusant, non? Ta mère aimait beaucoup ça. C'est sans prétention, ça ne cherche pas à laisser de message...

— N'en dis pas plus.

— Tu as raison, Alex. Si j'aime Sacha Distel, je n'ai pas à me justifier. J'aime Sacha Distel. C'est comme ça. Même chose pour le jazz des années cinquante. J'aime le jazz des années cinquante.

— Oui, c'est comme ça.

Il sourit.

La neige se met à tomber, d'abord timidement, puis à gros flocons.

On est arrivés. Papa éteint le moteur et on reste un moment dans la voiture à regarder la tempête qui se prépare.

Je ne sais pas comment te dire ça... J'ai les larmes aux yeux — et pas du tout à cause de mes gouttes.

C'est mystérieux, l'émotion...

Alex

Achevé d'imprimer
sur les presses de Litho Acme Inc.
3e trimestre 1990